なむじゃら
じゃん

鈴木 忠昭

目次

なむじゃらじゃん

りゅうがさと

バスが燃えている。

乗り合わせた一人一人がそれを知っているのに誰も騒ぎたてようとしない。心配顔の男の子が傍らの母親に訴えている。

当時の日本は満州事変から日中戦争へと突入して、先が見えない不安を抱えていた。当然、物資不足でバスの燃料は代用品の木炭に変わっている。

木炭バスは円筒型の燃焼装置をバスの後方に積み込んで時々煙を吐きながら走っていた。

男の子は母親の言い聞かせに納得したのか表情が見る見る変化して落ち着きを取り戻した。

母子連れが下車した停留所は道路が十文字に交叉した分岐点になっている。母と子はまるで避難者のように沢山の荷物を抱えていた。

バスは二人の目の前をまるで芝居の引幕のように東の方角へ走り去る。俄に開けた視界には南へ向かって伸びる細長い坂道が意地悪そうに居直っていた。

二人は荷物を地べたに放り出したまま、目の前の坂道を恨めしそうに睨んでいる。バスは坂道の方角には通じていないらしい。

「竜ヶ里はあの坂を越えた先にある。ま、ゆっくり一休みしてから行くべ。な、ヒコ」

母は男の子をヒコと呼んだ。ヒコは頷いたようにも見えるが愛想がない。四辻には田舎では珍しいお店が並んでいて、停留所の東隣には餅菓子屋があった。

「ヒコ、おなか空いたべ。大福でも食べるか」

ヒコは大福と聞いて機嫌が変わった。

母が大きな風呂敷包みを背負って歩き出すと、ヒコはリュックと荷物を両手に抱えて後を追う。

「あら、見たことあるなあーと思っていたら、河ノ屋の志津さんでねえの」

菓子屋のおかみが大袈裟に驚いて見せた。河ノ屋の志津と呼ばれた女は店のおかみと旧知の仲らしい。

「昨日、会津若松を発ってね、白河に一泊したの。今朝は始発のバスに乗り遅れて、ようやく辿り着いたわ」

志津は結婚すると、夫の直道《ただみち》が勤める会津若松市に転居することになった。ところが直道は結核にかかり長患いの末この春他界してしまう。残された子供は六歳になる直彦《ただひこ》と、年齢が離れた長男である。

志津は葬儀を済ませると、会津中学に在学中の長男を白河中学に転校させる手続きをとったり、下宿先を決めたり、生家へ引っ越す準備と一日一日痩せる思いで闘ってきた。

「それはそれは難儀なさったねえ」

「これからよろしくね。ヒコ、おばさんに挨拶しなさい」

直彦はピョコンと頭を下げたが、目はおかみが運んできた大福に注がれている。

「ヒコ君か、感心だね。荷物運びを手伝ったり、えらい」

「とんでもない。わがままもんで困ってるんですよ」

おかみは志津の手荷物を見て多過ぎるのが気になって仕方がない。

「この荷物、一度じゃ運びきれないよ。預かるから、今要るものだけにしなさい」

「助かるわーっ。実はどうしようかと頭の中が一杯だった。やっとここまで運び着いたんだけど、この先、あの坂道を越える自信がなくなって、有り難うおばさん」

志津は大きな風呂敷包みの中から白布に包まれた四角い箱を取り出した。

「主人の遺骨です」

おかみは黙って両手を合わせる。

志津は骨箱を背負うと、手には鞄だけと軽装になった。

「ヒコ、おもちゃは置いてけ」

直彦のリュックから白木造りの白虎刀がはみ出して見える。

直彦は生みの母志津と里親と二人の母に育てられた。志津は医者から夫の直道が肺結核と知らされ、何よりも恐れたことは赤ん坊の直彦に伝染するのではないかという不安である。そこで結核の夫と同居を避けることが一番と考えた。縁があっておりんという女性に直彦の養育を相談する。

おりんは会津藩士の末裔で戊辰戦争後は生活に困っていたらしい。そのため喜んで里親を引き受けたという。

直彦にとって志津は血を分けた生みの母であることは疑いない。が、一方おりんは赤ん坊の時から今日まで直彦の血を温め続けてきた。母子の絆は血の濃さではない。血を温める温度である。

直彦は母の生家へ帰らなければならなくなって、おりんとの別離が否応なくやってくる。

志津の提案でお別れ会は飯盛山でと決まった。白虎隊の墓がある飯盛山には茶店や土産屋が多い。いろんな玩具を前に直彦は目をキラキラさせている。

「ヒコ、何が欲しいいんだい」

「おりんさん、心配しないで。この子は何でも欲しがるんだから」

「おりん。この刀がいい」

おりんの顔がパーッと明るくなった。一番上等な白虎刀を選んで代金を支払うことになる。

「だめだめ、おりんさん。この上、散財かける訳にはいかないわ」

お金の支払いで私が私がと揉め出した。

「奥さん。これだけは私に払わせて下さい」

おりんの声は哀願しているように聞こえた。日頃は〈ならぬことはならぬ〉と、厳しかったが白虎刀と聞いたとたん、二人の別れにふさわしい贈り物だと感じとったのかも知れない。

直彦は会津若松を発つ時から白虎刀だけは手放さなかった。母に逆らってもその意地を通したい。志津も直彦の気持ちが分からない訳ではない。それ以上は口に出すことがなかった。


直彦と志津はそれぞれの悲しみを背負いながら坂道を登っていく。坂の名前はめでたい坂と言った。村人は狐の嫁入りと言われる提灯行列を見たという。喘ぎ喘ぎ登らなければならない二人にとってはめでたくもない坂である。登り切ると道路は左右二股に別れている。分岐点には白河石を刻んだお地蔵さんの道標が立っていた。右・釜ノ子、左・竜ヶ里と彫り込まれている。

釜ノ子の先は棚倉へと通じているが、戊辰戦争の際はどちらも戦火を被ることになった。

戊辰戦争は直彦が生まれる六十年も前の国内戦で、昔話に過ぎないが、育ての母おりんは会津藩士の末裔で直彦の幼心に深く関わることになる。

戊辰戦争は幕府側と倒幕派の対立であるが、当時会津藩は京都守護職の役職に就いていた。天皇と幕府に忠誠を尽くしてきた会津藩が、薩摩・長州の陰謀で朝敵・賊軍と決めつけられてしまう。その背景には会津藩が守護職在任中、倒幕派の志士を弾圧したという理由があった。会津藩への報復は戊辰戦争の隠された一面でもある。

明治政府は国のために戦死した御霊を東京招魂社へ合祀した。しかし、朝敵と名指しされた会津藩の戦死者は少年白虎隊士を始め、老武士に至るまで、戦場に放置され、遺体の埋葬すら許されない。見兼ねた会津藩士が占領軍に嘆願してようやく許可を得た。ところが、その場所は罪人塚であった。

東京招魂社は現在の靖国神社に改称されたが戊辰戦争の会津藩戦死者はそこにはいない。その屈辱は晴らされることなく会津藩士の子孫にまで影響することになる。直彦の里親おりんもその一人で、繰り返し言った言葉がある。

「ヒコ。世の中に出たら会津生まれだなんて名乗るな。言ったらろくなことがねえ」

会津に対する差別が――会津者と付き合うと出世の妨げになる――と、忌み嫌われた時代であった。

直彦はおりんが語り聞かせる会津戦争の話をいつも待っている。しかし、――会津を名乗るな――がどうしても理解できない。

もう一つ、おりんが怖い顔をする――ならぬものはならぬ――が苦手であった。

おりんの家にはクロ丸という家猫がいた。全身が真黒で体が大形である。直彦はクロ丸と仲良しなのだが時々いたずらが脱線する。

その日はどういう訳かクロ丸の立派なひげを抜きとってしまった。クロ丸が暴れだして大騒ぎになる。おりんの顔色が変わった。

「ならぬものはならぬ」

直彦の手をピシッと叩いた。直彦はびっくりして泣きだす。クロ丸も鳴いている。叱ったおりんも涙を流していた。

志津と直彦はめでた坂の分かれ道で竜ヶ里を目指して歩きだす。間もなく右手に湖沼が見えてきた。湖の大きさは向こう岸で動いている黒い影が、人か動物か見分けがつかないほどである。志津は直彦の視線の先が気になったらしい。

「あの動きは、たしかマタギかも知れない」

「マタグ?」

「マタグじゃねえ。マタギだ。ふだんは山の奥、人目につかない所に住んでいて、熊とか狐など鉄砲で撃ち獲る猟人なんだ」

「マタギは鉄砲持ってるんか」

直彦は初めて目にしたマタギが、とても人間とは思えない。幻を目撃したように想像がふくらんでいく。

志津は先程から直彦の歩き方がおかしいことに気がついている。

「足を見せてみろ」

直彦のズック靴を脱がせると、案の定靴下の踵の部分に血が滲んで見えた。

「やっぱり靴擦れだ。なんぼか痛かったろうに」

志津は膏薬を取り出すと、息をハァーハァー吹きかけて薄紙を剥がす。中から真黒な薬の面が現れる。それを直彦の傷口に貼った。手当ての間、志津は生みの母の母性を取り戻している。

直彦はズックを履いても痛くない。そこで気をよくしたのであろう、湖の方へ向かって駆け出した。

「ヒコ、やめろ。水に近づくな、おっかねえ目に遭うぞ」

道路と湖が極端に接近した箇所がある。昔は夜道を急ぐ行商人が道を踏み外して湖に転げ落ち、死人が出たと伝えられていた。ところが、戊辰戦争を境に、湖での事故話がぴたっと消えてなくなった。竜ヶ里の古老は――不思議なことがあるもんだ――と六十年も前にあった事件を思い出しては語り出す。


慶応四年（一八六八）五月一日、東北諸藩が同盟を結んだ東軍と、薩摩・長州藩を主力とする西の連合軍が東北の玄関口白河で激突した。東北戊辰戦争の始まりである。

白河口の戦争は僅か一日で東軍が大敗、白河は西軍の手に落ちた。それ以来、東軍の会津・仙台・二本松・棚倉藩などが、白河奪回を目指して西軍と交戦を繰り返すことになる。その際、棚倉・釜ノ子などが東軍の後方基地となった。しかし、東軍の白河奪回作戦はことごとく失敗、西軍の巻き返しで棚倉城が陥落。釜ノ子陣屋は焼き払われてしまう。

後方基地を失った会津・仙台・二本松軍は後退し、西軍は二本松・会津を目指して一気に北上することになる。

その頃、竜ヶ里は東軍を追撃する西軍部隊の通り道になった。が、通過するだけでなく宿営所として利用された。その際、村人の中から雑役係である軍夫を徴募している。農家を支える男達は忙しい時期で軍夫どころではない。西軍部隊は嫌がる村の男達を強制的に駆り出した。

竜ヶ里で農業を営む平助の場合も無理やり集められた組である。

仕事の内容は西軍兵士の食糧調達で、平助は知り合いの家に無理を言って、鶏を分けてもらったが、それが何時までも続く訳がない。どこの農家も鶏はいなくなってしまった。

「のこりの一羽だ。それだけは許してくだせい」

ばあさんが哀願する。

それを押しのけ、鶏を奪い取る。その兵士を見て、平助は平常心ではいられなくなった。

「こんな奴が何で帝の軍隊なんだ。鬼畜がやることと変わらねえ」

平助の声を耳にした西軍の分隊長は、この事件を放っておけないと判断したらしい。

早速、兵士と軍夫達に声をかけた。

「その男、官軍は鬼畜だとぬかしやがった。聞き捨てならぬ。その場に座れ」

分隊長はぶるぶる震える平助の首を刎ねた。反抗を許さない見せしめである。

分隊長の命令で平助の死体は湖の中へ投げ込まれた。

竜ヶ里の人々は平助の死を悲しみ悼んで、戦後湖の傍らに慰霊の碑を建てたという。

それ以来、どういう訳か湖で水死したという話は一切聞かれなくなった。旅人や行商人の噂話であるが、暗い夜道を急ぎ足で湖の近くに差しかかると突然、火の玉が現れて道案内をしてくれたと言う。

火の玉に助けられた話は現在に至るまで語り継がれていて、村人は火の玉を平助の人魂と信じ込むようになった。


靴擦れは志津が手当てした所為であろう、直彦は忘れたように動き回っている。志津はその後ろ姿をいとおしげに目で追いながら峠道に差しかかった。

「ヒコ、ここまで来たら家が見えるぞ」

峠の先は下り坂になっていて、田圃と集落が一面に広がって見えた。

「母さん。家はどれだい」

志津は家の在り処を指で差しながら言う。

「屋並の中で一番大きな屋根の家だ」

その時、背後に人の気配を感じた。

「もうし」

志津が振り返ると、おばあさんが蹲《うずくま》っていた。

「この辺では見かけねえ顔だげんども、町から来たんかい」

この山里では、女性が着るものといえば、野良着にモンペと決まっている。よそ行きの着物に羽織はめったに見られない。

直彦の方は洋服にズック。子供が洋服を着て靴を履いているのも珍しい。村では着物に下駄か藁草履で裸足の子も多い。

「会津若松からとな、そりゃ長旅だ、たまげたもんだ。これからどこさ……」

「竜ヶ里の河ノ屋」と名乗れば「あー、河ノ屋の」で分かってくれる筈である。が、志津は直彦を促すとさっさと歩き出した。

河ノ屋は代々の屋号で、農業の傍ら商人宿・雑貨店を営み、この地方では知らない者はいない。主は志津の父、江花宗兵衛で母はとよといった。宗兵衛ととよはすでに還暦を過ぎて力仕事は無理である。

娘の志津が結婚して会津若松に世帯を持ったのを切っ掛けに、商人宿・雑貨店を廃業。農業だけは小作人の力を借りて続けている。

志津は河ノ屋の長女で妹が一人。男の子はついに生まれずじまい。江花家の家督となって、結婚は婿とりが条件であった。

志津の婿になる直道はタバコ専売局の地方事務所に勤めていた。婿入りするのはいいが農業は継ぎたくないというのである。

たまたま会津若松の専売局へ転勤が決まって、直道の思いが江花家に受け入れられ、志津との結婚が成立した。

「この春、夫に先立たれて、生家に帰るところです」

志津はついて来るおばあさんの耳に届くよう大きな声になる。

「ま……、早い話が出戻りみたいなもんです」

と、自嘲気味に言ったあと振り返った。

ところがおばあさんの姿が消えている。

志津が立ち止まったのを見て、直彦も同じように振り向く。その異変を感じとったのか、急に落ち着きを失った。先程、湖の向こう岸に見えた怪しい生き者の影。その正体が解けないうちに、今度は見知らぬおばあさんが突然消えた。直彦は勝手に描いてきた竜ヶ里の長閑な姿がガラガラ崩れ始めていることに気がつく。

「狐にばかされた話は聞いたげんど、あのおばあさん、狐とは思えないな――」

志津はことの成り行きにおろおろしている。直彦も得体の知れない山里へ、踏み込んでしまったという怖さが顔にでていた。


竜ヶ里の集落は、村の中央を横断する車道で、山側と田圃側に二分されている。両側の家並みを合わせると三十軒ほどになるだろう。河ノ屋は田圃側の中ほどに屋敷を構えていた。およそ六百坪の土地には道路沿の母屋を始め、その奥には離れ家が二軒、そして土蔵、隠居所、天屋の順に建物が並んでいる。

志津と直彦は離れの部屋に寝起きすることになったが、食事を始め一家団欒の場は母屋である。

母屋には家主の宗兵衛と妻のとよが住んでいたが、その他に、いかにも家主面をしたトラ猫がいた。母屋は戸口から内部へ広い土間になっていて、その奥は十畳ほどの板の間である。

中央には囲炉裏があって食事、茶飲みなど日常生活の大半がこの囲炉裏端で営まれていた。囲炉裏と奥座敷との間には両手を回しても届かない大黒柱が母屋の茅葺き屋根を支えている。その柱が囲炉裏の煙を浴びて黒光りしているさまは、いかにも時代を語っているように見えた。

例のトラ猫は自分の居場所を、宗兵衛が大黒柱を背景に座る囲炉裏の中央と決めているらしい。新参者の直彦など眼中にないといった態度で居眠りしていた。

その日は珍しく直彦とトラ猫が取り残されたように囲炉裏端にいる。直彦が気になったことは、猫の耳が二つに折れ曲がっていることだ。直してやろうと軽い気持ちで猫の顔に手を伸ばす。

「ぐあおー」

閉じていた筈の目をかっと見開いて、全身で怒りをむき出しにした。猫の形相に直彦は怖くなって後ずさりする。

トラ猫は威嚇に成功すると、再び目を閉じる。囲炉裏端は何ごともなかったように静かになった。丁度その時である。

〈ゴー〉という地鳴りがして、遠くの方から何者かが迫ってくるのを直感した。

間もなく、家屋全体が震えだす。あの太い大黒柱がギシギシと軋み始める。囲炉裏の天井から釣り下げられた自在鉤の鉄瓶が振子のように揺れ出して、直彦の顔面に迫ってくる。初めて経験する地震にすっかり狼狽えて、逃げ出そうと身構えた時、見知らぬ爺さんと出くわすことになった。

直彦は降ってきた煤埃で顔が髭面になっている。しかもおろおろと視界が定まらない。爺さんはそんな直彦がよほど間抜けに見えたのであろうか、思わず吹き出してしまう。

「何でー、男のくせに情けね……」

直彦は初めて会った爺さんに意気地無しと決めつけられ、それが悔しくてたまらない。爺さんはそんな直彦にはお構いなしに、母屋の中に板壁で仕切ってある馬小屋の方へ急いでいた。

馬は突然の地震に驚いたのであろう。喚きながら小屋の中を暴れ回って、興奮のあまり板壁を蹴り出した。それが直彦を更に恐怖へと追いつめる。

「どうーどうーどう」

爺さんが大声で馬を宥めると、先刻まで大暴れの馬が、母親にあやされた赤ん坊のように穏やかになる。

さむらい

直彦は日が経ってから、爺さんが屋敷内の隠居所に住んでいることを知った。しかし、〈意気地無し〉と蔑まれたことがよほど応えたのであろう、訪ねようとはしない。

その日は朝から聞き慣れない乾いた音が耳に入ってきた。

——ポーン——、一寸間を置いて、——ポーン——。その繰り返しなのだが、直彦の足はその音に操られるように動き出した。隠居所の庭先には爺さんが腰を屈めた姿勢で鉈を手にしていた。直彦の姿が目に入ると直ぐに隠居所へ向かって声をかける。

「ばあさんや、宗兵衛さんの孫が遊びに来てくれたよ」

「あらあら珍しいこと。何にもねえけど上がってけ」

爺さんが丸太を立てると、「ハーッ」と気合を入れて鉈を振りおろす。薪割りに斧ではなく鉈を使っている。

——ポーン——

丸太は真っ二つに割れて杉の香りが漂った。

薪材の杉は長さが三〇センチあまり、直径が二〇センチはあるだろう。

——鉈をかざした舞い——。——未練を残さない杉丸太——。——残り香の余韻——。

直彦の目は爺さんの動作にくぎづけになっている。

「やってみるか」

直彦は言われるままに鉈を受けとる。初めて手にした鉈は両手にずしりと重い。

「肩の力を抜け」

と言われても、力を入れなければ鉈は持ち上げられない。やっとの思いで鉈を丸太に叩きつけた。狙いが外れたのであろう丸太がバシッと逃げてしまう。

「丸太の頭だけを見ろ」

言われるままに目線を上部に集中して鉈を振りおろす。今度は鉈の刃が食い込んだが割れてはいない。

直彦は爺さんの言葉通り、先ず肩の力を抜く。そして丸太の頭だけを見詰めて鉈を振りおろす。何度繰り返しても割れないが振りおろした鉈の刃はほとんどが丸太を捉えている。

「ふむ。筋がいい。あとはこつを掴むだけだ」

爺さんのほめ言葉に直彦はすっかりご機嫌になっている。

「中へ入って一休みしな」

直彦はばあさんから言われるまま入り口を跨いだ。

母屋と違って土間は狭い。入ると直ぐ囲炉裏になっている。目に映ったのは斑模様の猫で、鼻の下の黒毛が髭のように見え愛嬌がある。猫の傍らに腰を下ろすと膝に乗ってきた。

「あれ、まあ。しょうすけがすっかり懐いて」

直彦は竜ヶ里へ足を踏み入れた時、マタギの姿や消えたおばあさんのことで背中がザワザワするような怖さを味わった。

ところが今は穏やかな爺さんとばあさんが目の前にいる。そのやさしさに癒されながら、竜ヶ里が好きになった、と思い始めている。


今、爺さんとばあさんが住んでいる隠居所は、河ノ屋の主である宗兵衛ととよ夫婦が住むことになっていた。ところが跡継ぎの娘と婿がこの家に落ち着くまでは、母屋を空ける訳にはいかなくなった。

丁度その頃、昔から兄弟のように信頼し合った友人が妻を伴って訪ねてきたのである。

来客夫婦はその日から河ノ屋の食客になった。その夫婦こそ今隠居所に住んでいる爺さんとばあさんである。名は一瀬左門、妻はおふさといった。

ところが、左門とおふさの馴れ初めを知る者はいない。そこで、左門を父親と慕った直彦が、耳にしたという記憶を辿ることにした。

或る日の昼下り、左門は雨上がりの田圃道を歩いている。背後からひたひたと追ってくる足音に気がついた。〈何者か〉ためしに早足で歩いてみる。相手の足も速くなった。〈つけられている〉左門は急に足を止める。後方の足音もぴたっとなくなった。左門が振り返ると、五六歩の距離を置いてぼろをまとった男が立っている。

「わしは浪人の身で、金の持ち合わせがない」

「……」

左門は乞食が男とばかり思い込んでいたが、若い女であることに気がついた。

「あんさんのおむすびを下されー」

左門は道中雨を避けるため、茶屋に寄っていた。そこで握り飯を二つ買い求める。空腹で二つ食べても足りないが、この先お金が入る当てがない。無理に残した一つを背負って店を出た。〈その握り飯をくれと言うのか〉

左門は一瞬ためらった。

「ああ、いいだろう」

女は差し出されたお握りを手にすると、素早く口に運ぶ。そして犬のように一気に飲み込んでしまった。見栄も外聞も捨てた女を見ながら、すきばらを通り越して何日も食べていないのではと感じとった。

左門が立ち去ろうと女に背を向ける。

「あんさん。わしをこの場で始末してくだせい。わしはもう生きていたくねえ。十日近くも水を飲んでここまで来たが、金もなければ仕事もねえ。のたれ死には覚悟の上だげんど、あんさんの手で死ねたら極楽に行けそうな気がする。この通り、お願いでごぜいやす」

女はそう言うと泥道に土下座して左門の前に崩れ落ちる。

女はおふさと名乗った。実家が貧しくて、口減らしに宇都宮の在にある農家へ奉公することになった。

おふさは家事手伝い、幼子の世話と気働きがあって、うまくいきそうに思われた。ところが家主が放蕩者で、金を使い果たした揚句、おふさを女郎に売りとばそうとしたらしい。主の奥さんに助けられて脱出することになったが、倒産寸前で家には金がない。奥さんから渡された巾着には小銭しか入っていなかった。着の身着のままが何日も続けば物貰いの姿に見えても不思議はない。

左門はおふさの訴えを聞きながら、己も浪々の身であることに変わりはないと思っている。

左門は会津藩士で戊辰戦争に参加した。父の一瀬民弥が白河口の防衛に出陣が決まると、父と一緒に参戦したいと言い出す。左門は年齢が兵役には達していない。穏やかな母親がその時だけは声を荒げて反対している。そこで、戦闘には参加しない約束で同行が許された。ところが、父民弥は白河口で戦死。無事帰還した左門には試練が待っていた。

——父を見殺しにした——会津武士の面汚しという批難の声である。会津で居場所を失った左門は東京の知人を頼って上京する。ところが会津藩士の生き残りと差別され、放浪の生活に身を俏《やつ》すことになる。

「おふさと言ったな、里はどこだ……」

「おらー会津坂下だ」

「なに坂下と……おれは会津若松だ。お隣さんじゃないか……」

左門とおふさの足は自然に北の方角へ向かっている。間もなく雪の季節がやってくる。このまま放浪を続ければ二人は行き倒れを覚悟しなければならない。

平野が広がる集落に差しかかると、一面が田圃の中で老夫婦が稲刈りを急いでいる。その光景を見た左門とおふさは、自然に体が動いて老人の手伝いに加わっていた。その思いやりが切っ掛けで使用人に雇われることになる。

「流れ者は素生が分からねえ。だげんど夫婦の渡りは珍しい。仕事もてきぱきやるし、話を聞くと人柄も信用できる。そんな訳で家族同様つき合っていけると思ってな……」

爺さんの目に適って左門とおふさは、夫婦扱いで物置小屋に居を構えることになる。

左門はこれで一息つけると思いながら、厄介になれる期間は稲を籾にするまでの間、せいぜい半月の滞在だろうと読んでいた。

ところが爺さんは意外なことを口にする。

「この先、旅の当てはあるんかい？」

「いや、察しの通り、行き先も仕事の目処もありやせん」

「二人を見込んで言うんだが、この先、当分の間手伝ってくれないか、わしはもうとしだ」

爺さんは初めて左門の前で弱音を吐いた。

「わしには二十歳になる男の子、世継ぎがいた。それがな、田畑仕事が嫌いで、たまたま村祭の歌謡大会で一等賞をとると、歌手になりていってぬかしやがってな、家を出たまままもう三年にもなるが一向に音沙汰がない……」

左門には爺さんのこぼし話が退屈になっている。

「左門と申したな。会った時からいわゆる流れ者とはどこか違う訳ありと見た。あんたなら信用できる。どうだろう、この先、わしの家に住み込んでくれんか……」

左門とおふさにとって、爺さんの申し出を断る理由などある筈がない。むしろ助かったと心の中で叫びたい気持ちである。

二人は物置住まいから母屋の一間へ移り住むことになった。

収穫が終わると寒さに備えて薪を準備する。暖かい季節になれば田畑仕事に時間を忘れて集中。時が経つと爺さんは仕事の全てを左門とおふさに任せるようになっていた。

「なんならここがわが家と思って居るがいい……」

ところがうまい話は続かないものである。爺さんがあきらめていた世継ぎの息子が帰ってきた。しかも女性を伴って、一目で夫婦と分かる振る舞いである。

左門と顔を合わせた息子は玄関口で棒立ちになっている。爺さんだけが顔を崩して息子を迎え入れていた。

「おったまげたなー。もう家のことなんか忘れてしまったんじゃねえかと……」

この時、左門は去る時が来たことに気がついた。その決意を告げられた爺さんは、左門の視線を避けるように顔を歪めた。

「左門殿、世話になったな。一生忘れねえ……」

爺さんは財布に入れた金子をそのまま左門に手渡した。

左門は爺さんの目をしっかり見詰めたまま、ずっしり重いお金を手に受ける。

田植が終わったばかりの田圃に陽が射して眩しい。左門とおふさは黙り込んだまま、足は自然に北へ向かっている。間もなく、会津地方へ通じる日光街道への分岐点が見えてきた。

「おふさ、この先だが、坂下へ戻りたいか」

「おらー、坂下にだけは行きたくねえ。折角口減らしができたところに、突然戻ったら家の者が困るだけだ。二度と敷居は跨ぐまいと、心の中で誓ってきた……」

気の強いおふさが珍しく泣きだした。

「あんさん。おらが嫌いになったんか……」

「馬鹿なことを言うんでねえー。二人は夫婦を誓った仲だ」

「んだな。んだんだ」

おふさは二人が結ばれた事実を何度も確かめるように大声で泣き続ける。

「おふさ心配ねー。爺さんから当分の間暮らせるカネを頂戴した。もう野宿しなくてもいい。あとは仕事に在りつけるかだ……」

「あんさん。仕事さがしはおふさの方が上手だ。なあーに造作ねえ」

仕事には行く先々で恵まれたが、手伝い程度で手に入る金はほんの駄賃に過ぎない。爺さんから頂戴した財布が軽くなるのを気にしながら、二人の足は北へ向かっている。

奥州白河は戊辰戦争の激戦地で、左門の父民弥が戦死、松並墓地に埋葬された所でもある。左門は生き残って、会津武士の恥曝しと蔑まれ故郷を追われることになった。浪々の末、白河でようやく墓守の職に就くことになる。左門の事情を察した寺僧の好意に救われたと言っていい。

河ノ屋の主人、江花宗兵衛は若い頃から書画・骨董が趣味で、道楽者であった。歳を重ねるうちに家業を続ける気力が失われていく。そこで農業の一切を手放そうと考えた。丁度その頃、居候の左門から提案があった。日頃の恩返しに山林の管理・田畑の作業などを引受けたい。というのである。

宗兵衛が左門夫婦を特別に隠居所へ住まわせた訳はこういった背景があったからに違いない。

直彦は左門をじいと呼ぶ。左門は呼び捨てにされた方が寧ろ嬉しかったようである。二人の間に他人行儀ではない親しみを感じとったからであろうか。

一方、身内の宗兵衛をじさま、おとよをばさまと呼んだ。一家の主に対する尊敬が込められているが、どこか馴染めない遠慮が含められているようにも思えた。

「じい、入ってもいいかい」

直彦はいつものように、隠居所の左門を訪れた。

「ヒコかい、入れ入れ……」

囲炉裏には見慣れない少女が座っていて、ブチ猫を膝に乗せている。

「このおなごはな、美代と言ってな、じいとばあさんの友達だ」

少女は恥ずかしいのか目を合わせようとしない。直彦の方も特に関心を示さなかった。

「河ノ屋のヒコだ。仲良くな……」

その日の囲炉裏端はどういう訳か、誰もが口を閉ざして静まりかえっている。

「ところで……」

と、左門が切り出した。

「美代のおばあさんの話にもどるげんども、亡くなった日はめでた坂へ買い物に出掛けたんだってな、今思い出したんだが、その日は志津さんとヒコが会津から帰って来た日だ。おばあさんが見つかった場所は峠から山道へ入った所と言ったな。横になった姿で息を引き取っていた。ふむ。ヒコは峠道でおばあさんを見かけなかったかい……」

「いや……」

直彦は言ってしまった後、頭の中で汗をかいている。あの日は確かにおばあさんと会っている。しかしその記憶を早く消してしまいたいと思い続けてきた。

「そうだよな。ヒコに聞いたって分かる筈がない。おばあさんがわしの所へ、――そうだんがある――と言って訪ねてきたのはもう五～六年も前の話だ。わしはその時、初めてマタギの人と知り合うことになった。それが縁で、今では孫娘の美代ともこうしてつき合っている。とにかくおばあさんらしい最期だなあー、誰の世話にもならない。あの世へも独りで旅立った」

左門は目を閉じて合掌する。

美代が立ち上がると、――今日は報せに来ただけだ。また来る――と無愛想に言った。

直彦は美代がマタギの娘と聞かされて、また分からなくなってきた。美代の姿を見ると、着物がつんつるてんでおかしいが、どこから見ても普通の女の子である。直彦の頭の中に描かれてきたマタギ像は、もっと怪しくて、空恐ろしい筈であった。しかし、それは勝手な思い込みに違いない。

マタギは人里離れた山奥に住み狩猟で生計を立てている。

その昔、マタギは大師さまから、山の神の使者と言われる〈神聖な熊を撃ち獲ってもいい〉という許しを戴いた。その特権を誇りにマタギ集団の規律が今日まで守られてきたという。撃ち獲った熊は毛皮にしたり、熊胆を薬品に加工して、それらを里に持ち込み、米とか粟・豆・塩などと物々交換して生計を支えてきた。

ところが時代が変わると、昔のやり方では生活が難儀になってくる。

ある時、マタギのおばあさんが左門の前に現れる。おばあさんが考えた新しい生活の仕組みが、うまくいくか、の相談であった。

「わしは、統領の連れでしてな、左門さまが会津のおさむらいだった話をよく耳にしていやした。会津のおさむらいは、決して人を裏切らねえって、その統領が亡くなり、狩り以外の暮らし向きについては、若い統領にかわってわしが一族の面倒を見ることになりやした。そこで、左門さまにお願いがごぜいやす」

「うむ。話の筋は分かりやした。ところで、今の自分に何ができますかな」

「今の左門さまだからこそ願いが叶うと思って伺いやした。わしの話は商談でやす」

「商談、そりゃー見当違いだ。商いには昔から縁がない……」

「いや、左門さまならできる。わしらの商い物はざる・かごといった器物じゃ。材料は竹や柳、藤づるで山にはいくらでも生えている」

「ふむ。ざる・かごはなくちゃならねえもんだ。その程度のことは自分の裁量で誰から買おうと差し支えねぇ……されど」

「わしには、左門さまの不安が読めてます。つくり物が確かかどうか、ま、これを見てくだせい」

と、言いながら見本のウツボを左門の目の前に差し出した。ウツボは田圃で泥鰌を捕まえる仕掛けの竹籠である。

「ほーう。これはこれは。それにしても見事な細工もんだ……」

「わしらは、大昔から手作りの技を受け継いで参りやした。里の者には決して引けをとりません。つくり物が信用できたら値段は左門さまの付け値通りにいたしやす」

そう言われると、左門にはおばあさんの申し出を断わる理由がない。

「ところで、統領はどうして私を知ってるとな……」

「それは浅川のいくさで、統領が率いるマタギ鉄砲隊が左門さまの報せを受け、一族の命が助かったと聞かされやした。統領は負け戦なんで、多くは語らなかったげんども……」

左門は目を閉じたままおばあさんの話に聞き入っていたが、終いまで口を開くことはなかった。

朝まだき、左門が草刈りに出かけるというので、直彦も一緒について行くことになった。寺山の方角へ向かって坂道を登ると、駄菓子屋が見えてくる。店の前を通り過ぎてから、左手に入ると、前方に草刈場が見えてきた。中央には広さが銭湯ほどの沼があって、全体が水草で覆われている。

「ヒコ、この沼はな、落っこちたら最後、泥に足を取られて脱け出せなくなる。よーく覚えとけ」

「おっかねえ……」

沼の周辺には草が一面に生え広がっていて、直彦が足を踏み入れると、腰から下が隠れるほど深い。

左門は刈り取った草を、運び易くするため手際よく束ねていく。

直彦は束ねた草の上に腰をおろす。その時、後方から聞き慣れない音が近づいてくるのに気がついた。唸るような気味悪さで、直彦の胸はドキドキが激しくなる。

「ヒコ、動くな、そのままじっとしていろ」

左門の声がとがっている。

直彦には何かが追ってくるのは分かるが、それが何であるかが分からない。

――ひゅーっ――

直彦の耳元で鋭い音が走って、その瞬間、先程からの唸りが消えた。

「クマンバチだ」

直彦が興奮して叫び声を上げる。

草が刈り取られた地面に、雀蜂がくねくねともがきもがき苦しんでいた。

大人の親指ほどもある大形の雀蜂で猛毒の針を持っている。刺されたら無事では済まされない。

左門は草刈鎌を持っていた。しかし、鎌を振り回せば直彦を危める怖れがある。咄嗟の判断で手刀を使うことにした。雀蜂を一撃で叩き落とす。左門の冷静さと、手刀の技が生かされた瞬間である。

「ヒコ。なにごともなくて、いがったな」

左門と直彦は笑いながら、駄菓子屋の前に差しかかった。野良着に藁草履の左門と、学童服にズックを履いた直彦と、組み合わせは不釣り合いに見えたが、草の束を背負って寄り添う姿は、爺さんと孫のようでもある。

「服着て靴はいて、ありゃ、どこの野郎だ」

「河ノ屋だ。こないだ町から引っ越して来たんだと……」

二人とも薄汚れた着物に兵児帯、草履といった格好で、とても子供とは思えない横柄さである。兄貴分の方は源太、弟分はサダと言った。駄菓子屋にやってくる子供達を、威しては菓子を巻き上げるといったいたずらが度を越えていたらしい。

直彦は二人から顔を背けるように、通り過ぎようとする。

「仲間に入れてやっから、こっちへこー」

源太が直彦を懐かせようと、優しい声をかけた。直彦は気味悪くなって、思わず左門の方へ身を寄せる。

「この子に手を出すんじゃねえ。分かったな」

「何でえ、この老いぼれが。余計な口を叩きやがって……」

源太はならず者のような悪態をつく。

源太にとって、直彦が河ノ屋の子供であること自体が気に入らない。資産家で何不自由なく育てられている。羨ましさが憎らしさに変わって我慢ができないのだ。

いじめっこ

直彦の遊び相手は専ら左門と決まっていた。その日も隠居所を訪ねると、囲炉裏端に珍しくマタギの美代が座っていた。初めて顔を合わせた時は、いかにも無愛想に見えたが、今度は笑みを浮かべて頭をピョコンと下げた。その瞬間、どういう訳か直彦のモヤモヤが晴れた。

「今日は、美代がザルを運んで来てくれた。そこでだ。ヒコに頼みがある。駄菓子屋で、好きなものを買って来てくれないか」

直彦は、源太が怖いからいやだとも言えない。渡されたお金を握りしめると、空元気を出して走り出した。何よりも気になることは、源太とサダが駄菓子屋の近くにたむろしているかどうかである。坂道に差しかかると、怖じ気づいたのか足の運びが遅くなっている。ところが店の近くまでやってきたのに、二人の姿は見当たらない。

直彦はほっとして、今日はダルマ飴を買うことにした。ダルマ飴は竹串の先にダルマの形をした飴がついている。皆で分けられるように十個まとめて買うことにした。

直彦はダルマ飴の袋を手に、心を弾ませ店を出る。もう心配することは何もない。と、その時、道端の物置小屋から急に飛び出す影を見た。紛れもない源太とサダである。

二人は行く手を阻むように立ちはだかった。直彦は驚くというより、阿呆のように、その場に立ち尽くしている。

源太とサダの口許が生血でも吸ったような、赤紫を帯びている。

直彦の目には正気とは思えない化け物に映った。

この季節、里の子供達は誰でも、紫色に熟した桑の実を食べる習慣がある。口許が一様に赤かったとしても不思議はない。

「河ノ屋、いいところで出会った」

源太の馴れ馴れしい態度が却って恐ろしさを感じさせる。

直彦は悪い夢を見ていると思いたかった。

「仲良くしたかったら黙ってその袋を渡しな」

サダの手が目の前に迫った時、直彦の目が覚めた。

――ダルマ飴を袋ごと渡せだと――直彦の反抗心がむらむらと燃え上がる。隠居所では左門と美代が帰りを待っている。おめおめと奪いとられてたまるもんか。

直彦は源太とサダの立ち位置を見た。二人の間が大きく空いている。咄嗟にこの間を抜こうと考えたらしい。

「ぐずぐずするな」

源太の催促を切っ掛けに、直彦は頭から突進する。源太とサダの間をすり抜けるとあとは全力で走り続けた。思ってもいない直彦の行動に二人の対応は鈍い。直彦は大通りのポンプ小屋まで逃げ切れれば、河ノ屋は目の前で、事は成功すると判断した。

源太とサダがようやく体勢をたて直すと、サダの足は速かった。直彦の背後から覆いかぶさるように跳びかかってくる。直彦は倒されてその上にサダが跨がった。あとは源太が直彦の手から無理やりダルマ飴をもぎ取っている。

「サダ、うまくやったな……」

直彦は立ち上がりながら、源太の声を背中で聞いた。

「ヒコはどうしたんだべえ……」

直彦の帰りが遅いので、隠居所ではおふさが不安顔になる。

「心配ねえ。もう直ぐ帰ってくるべ」

「あれ、ヒコだ」

マタギの美代が声を上げる。

左門は直彦を一目見た瞬間、何があったか全てを見抜いていた。

「奴らだな、ヒコ気にするでねえ。後はこのじいにまかせろ」

竜ヶ里の蝉はがなるように鳴く。

朝からみんみん蝉の合唱が始まった。直彦は水浴びがしたくてたまらない。隠居の裏手には鰍沢《かじか》という川があった。水は冷たく清冽で、潜って目をあけると、フナやハヤが泳いでいる姿が見えた。ところが、その鰍沢は、源太の縄張りになっている。

村の子供達は源太の許可なしでは川にも入れない。源太は親分気どりで、川を独り占めしている。

行き場を失った直彦は詰まる所、隠居の左門を訪ねるしかない。直彦の塞ぎ込んだ様子を見て、左門は誰よりも心を痛めている。このまま成行きまかせで放っておいたら、竜ヶ里で一人前の男にはなれないだろう。

会津藩士の子弟教育には、――弱い者をいじめてはならぬ――とある。ところがいじめは一向になくならない。左門は――やられたらやりかえす――そういう風にやってきたと思う。

しかし――暴力には暴力――では喧嘩に強い者だけが好い目を見ることになる。

左門は力以外に何かいい知恵はないかと考えた。今の直彦が源太とサダに立ち向かって勝てる当ては何もない。

——どうしたら勝てるか——左門はその役割を自分がしょい込んで、直彦の軍師役になるつもりらしい。


「ヒコ、草刈場の沼で、ひと浴びやるか」

水浴びができると聞いて直彦は目を輝かせた。

駄菓子屋の前に差しかかったが、源太とサダの姿は見当たらない。

その頃、二人は鰍沢にいる。

「オーイ。とった魚を持ってこー」

サダが子供達に命令した。折角捕まえたフナやハヤを差し出さなければならない。

サダはしのだけの串に魚を刺して焼く。傍らで源太が焼けるのを待っていた。

「オレはハヤがいい。お前はフナにしろ……」

サダは黙って言われる通りにする。

「ところで河ノ屋のチビはどうした、あの野郎、いつかはオレの前にひざまずかせてやる」

草刈場では左門が褌一つになると、早くも沼に入っていた。沼の水はどんより淀んで暗い。水草が一面に広がって、足を踏み入れるすき間もない。

左門は直彦がためらっているのを見て声をかける。

「ヒコ、沼の泥は深いぞ。静かに入れ」

「ひゃっこいなあー」

左門が言った通り足がズルズルと泥の中に吸い込まれていく。

気がつくと膝頭が埋まっていた。体を浮かせようと、周りの水草に掴まった。

「あー、いた……」

思わず大声で叫んでしまう。

「ヒコ、菱《ひし》の実を掴んだな。なあに心配ねえ」

菱の実は自分では動けない。外敵から身を守るため、実の上に刺《とげ》を纏《まと》った。〈餌食にされてたまるもんか〉と言わんばかりの意地が感じられる。

左門は相手に負けたくなかったら、自分を守る鎧《よろい》を着ることができる。と言いたかったのかも知れない。

直彦の目には異様な刺の実に映ったが、竜ヶ里のさまざまな不思議に出合うことが、今ではわくわくするほど嬉しい。

菱とは別の水草もあった。触ってみると今度は葉っぱの部分がぬるぬるして気持ちが悪い。

「それは蓴菜《じゅんさい》と言ってな、食べられる。そのキョロキョロしたところがうまい。摘んで持って帰るがいい」

「お母さんへのみやげだ」

直彦は早速、蓴菜を採り始める。左門が用意した蕗の葉っぱが、蓴菜を入れる容器になった。葉っぱの中が一杯になったので、沼から上がろうとする。ところが、泥に埋まった足が抜けない。両手で蓴菜を持ったまま棒立ちになってあせっていた。

一足先に上がった左門は、直彦を無視するように背を向けたまま立っている。

「じい……」

直彦の叫び声が悲鳴のように聞こえた。

左門はその声を待っていたように、おもむろに振り向く。

「いいか、ヒコ。じいの言うことを心して聞け。自分の力だけでは、どうにも叶わないことがある。しかし、じいの言う通りにがんばれば何事もうまくいく。今はそのままで待て」

左門が再び沼に入ると、直彦の背後に回って両手で抱える。

「ヒコ、からだの力を抜け」

　牛蒡を抜く要領で、あとは何事もなかったように、草刈場に上がった。

　二人が駄菓子屋の前を通り過ぎようとした時、左門が思い出したように言った。

「ヒコ、こないだは源太とサダに飴を脅し取られたと言ったな、悔しくないか……」

　直彦はあの日の屈辱を忘れたことがない。今でも心が傷ついたままである。かといって、仕返しする気力はない。相手は腕力があって、しかも二人だ。〈奴らに勝てっこない〉直彦はすっかり負け犬になっていた。

「草刈場でも言った通り、ヒコの力だけではどうにもならないことがある。だけんど、ヒコにはこのじいがついている。じいの言う通りにやれば必ずうまくいく」

　直彦は左門が言っていることが、本当かどうかじーっと目を見詰めている。

「じいが言う通りやってみるか、やめるか、それはヒコの気持ち次第だ」

　左門は突き放すように言う。

「じいの言うことなら、何でもやる」

「――禍は自分の力で払い除ける――。会津もんはな、昔からそうやってきた。その方法はじいが考える。ヒコはじいの指図通りに動くだけでいい」

左門の目が一瞬光った。いい考えが浮かぶと決まって目が光る。

「強い相手と闘う場合は、真正面から勝負しても勝ち目はない。相手の力を逆に利用する。源太とサダ、二人の腕力をうまく躱して空振りさせる……」

直彦は左門の考えが理解できた訳ではないが、源太とサダに勝てる方法があると聞いて気持ちが動いた。

「ヒコ、明日から先ず走りっこの練習だ。サダになんか負けてたまるか、走れば走るほど速くなるぞ」

直彦の顔が見る見る晴れやかになって、目元までキラキラしてきた。

左門が直彦の走り場に指定した道筋は、隠居所の裏から出発して田圃道を一回りすることになる。が、その道筋は源太の縄張りがある、鰍沢の水場が近い。源太と顔を合わせたくなかったら、水場の手前で細くて走りにくい畦道を選ぶことになる。せまい畦道をひたすら辿ることになるが、その距離はおよそ五〇〇メートル。

「今日はいつもより速かったぞヒコ。練習の効き目が見えるようだ……」

左門の勘で、直彦の走り始めから戻ってくるまで、速い遅いが分かるらしい。

直彦の方は同じ景色の畦道を繰り返し走ってきて、そろそろ飽きがきている。その日も、畦道を走って鰍沢の手前で右へ曲がった。その時、田圃の窪みから出し抜けに黒い影が飛びだしてきた。直彦はびっくりして、その場に棒立ちになる。現れたのはサダである。

「たいくつしのぎに、走ってるのかい……」

「……」

「もう手荒な真似はしねえ。鰍沢のたまり場にきな。みんなでわいわい魚とりでもやっぺー。源太も待ってっから……」

直彦が何よりも意外に思えたことは、サダの態度である。ダルマ飴を奪い取ったあの時の強暴さが影をひそめたように穏やかに見えた。

そんなサダに、どう応えたらいいのか戸惑っている。結局、黙って通り過ぎてしまう。

サダは道を譲るように見送った。

直彦は隠居所への道を急ぎながら、サダと仲良くやった方がうまくいくのではないかと、心の中が揺れている。

「ヒコ、遅かったな……」

「サダが待ち伏せしていた。遊びにこないかって……」

その時、左門の目が光った。

「そうか、ものは試しだ。奴らと会ってみるのもいい。それはヒコが決めることだ……」

直彦は左門が反対するに違いないと思い込んでいた。ところが急につき離されて、頼り過ぎている自分に気がつく。


その日も炎天が降りかかる田圃道を走っていた。〈水浴びがしたい〉と思いながら、いつもの所に差しかかる。すると、いつものようにサダが待っていた。

「どうだい。ちょっこら水浴びでもするかい」

サダは言い終わると直彦に背を向けてゆっくり歩き出した。

直彦はあやつられているように、サダの後ろについて行く。その姿は分別がつかない夢遊病者のように見えた。

「よく来たな……」

直彦が憎々しく思っていた源太が、今は満面に笑みを浮かべている。

「おーいみんな。河ノ屋が来たぞ……。今日から俺達の仲間だ」

水遊びしていた子供達が一斉に源太の方に顔を向ける。

「河ノ屋は今からサダの弟分だ、みんなに挨拶しろ」

と、直彦に命令する。まるでならず者の親分気取りである。

直彦は源太の振る舞いが気に入らない。何よりもサダの弟分と勝手に決めつけたことだ。

しかし今は子供達が直彦の挨拶を待っている。不満顔をペコッと下げた。

源太はいかにも満足気に、直彦の耳許でささやく。

「今度くる時はな、ダルマ飴を持ってこ、忘れんなよ」

直彦は源太が狡賢い顔に変化した瞬間を見逃さない。

〈だましたな〉、それを全身で感じとった時、体がバネのように跳び上がっていた。

「ウオーッ」

獣の叫び声になっている。直彦は土を蹴って走り出す。

源太は思ってもいなかった事態に狼狽える。

「ふざけた真似しやがって、おーい！　サダ。奴を捕まえろ!!」

サダがその声に反応して、一気に跳び出した。しかし、二人の間隔は始めから離れすぎている。サダの足が速いとはいうものの直彦の逃げ足には追いつけない。

遠くからチン・チンと、季節を告げる音が近づいてくる。

夏が来たと鐘が言う。

「氷ー氷ー氷だよ。ひゃっこくて、甘い氷水だよ」

竜ヶ里ではかき氷とは言わない。氷水と呼ぶ。

めでた坂にある氷屋が、自転車に氷削り器を積んで出張販売している。暑さの最中、大鋸《おが》屑《くず》に包んだ氷が溶けて脆《もろ》くなる。かき氷のサラサラ感が失われて、ぼた雪を思わせる水分たっぷりのコオリスイになった。

鰍沢のいざこざがあってから、直彦の走り場は屋敷内に変わっていた。

「ヒコ、今日の練習はこの辺で切り上げよう」

美代がやって来たのを見届けると、左門が言った。

美代の頭上には真新しい唐箕《とうみ》ざるが乗っている。

「美代、重かったろう。ご苦労であった」


母屋の方から志津が姿を見せる。

「あら、美代ちゃん。いつものお手伝い。感心だねえ」

志津の両手にはかき氷を山盛りにした大皿がしっかりと抱えられていた。

「志津さん。こりゃー雪の大盛りだ。ばあさん!! 来てみろ、目の保養だ」

「ありゃまあ、志津さん。コ、オ、リ、ス、イのおおばん振る舞いね」

志津とおふさが大忙しで茶碗に氷を盛りつける。仕上げにイチゴのシロップをかけた。

美代が気まずそうな顔で、帰る素振りを見せる。

左門がそれに気づいて引き留めた。

「こんなこと、めったにねえ。遠慮なくごちそうになってけ……」

直彦も、そうだと言わんばかりの顔をする。

銘々がシロップで赤く染まったかき氷の茶碗を持って立っている。

「体がひゃっこくなった」

直彦がはしゃぐと、黙りこくっていた美代までが口を開く。

「こんな暑い日によ、雪が食べられるなんてたまげたー」

美代が何時になく生き生きしている。

直彦はそれをまじまじと見ながら、うっとり顔になった。

「こんなうまいもん。生まれて初めてだ……」

左門がやわらかな表情を見せる。


氷屋の鐘の音がチン・チン・チン……と遠ざかる。まるで季節の移り変わりを告げ回るように。


直彦は日課になっている走りに飽きてきたようだ。

田圃道を走った頃は暑かったが、走りの速さが自分でも分かるのが楽しみだった。

今は土蔵の周りをぐるぐる回るだけで、やる気が湧いてこない。

左門は直彦が飽きるのを待っていた。

「ヒコ、おんなじことの繰り返しじゃつまんねえか、どうだい、じいとどっちが速いか競争してみっか」

直彦は日頃から左門の知恵には敵わないと思っている。しかし、足の方は自信があった。

「じい、走りっこは初めてだな。よーしやってみっか……」

二人の競争は土蔵めぐりで、出発点から一周して同じ所へ戻るまでおよそ一〇〇メートルの勝負である。その間、土蔵の角が四箇所あった。

直彦と左門は蔵の正面出発点に並んだ。

「じい。一・二・三を合図に走るぞ……、一・二・三……」

最初の曲がり角は、ほとんど同時に通過している。二つ目の角では直彦が左門に差をつけて、二、三歩前に出ていた。三つ目の角に差しかかった時、二人の間に一寸した変化があらわれる。直彦は気づかなかったが、左門の走っている位置が直彦より内側、蔵に接近していた。その先、最後の曲がり角でまさかのどんでん返しが起こる。直彦は最後の角を目前に勝てると踏んだ。速度を上げて一気に角を曲がろうとした。が、足の踏ん張りがきかなくなって、曲がり方が外側へふくらんでしまう。

内側を走っていた左門は、その時を見逃さない。直彦を躱して角に沿うように通り抜ける。

結果は僅かな差で左門の勝ちとなる。

「走りではヒコの勝ち。勝負ではじいの勝ちだ」

〈勝つためには頭を使え、頭で分かったらそれができるよう繰り返し練習しろ〉

左門が直彦に教えたかったことに違いない。

直彦の練習に角の曲がり方が新しく加えられた。曲がる方向に踏み出した足を軸にして、もう片方の足で地面を蹴るように身体の向きを変える。頭では分かっていながらそれがうまくいかである。


「じい」

弾んだ声である。

「ついにやったか、もう一回じいに見せてくれ」

直彦は身構えると、曲がり角に向かって突進する。角側の足を軸に見事に回転を決めた。

「やったな。たまげるほど速かった。ところで足はどうした。ふむ、靴擦れか、早いうちに治さないと」

直彦はもともと靴擦れに弱い。じいが軟膏を塗ってくれた。練習は三日ばかり休んだ後、直彦は左門を訪ねている。

「じい。もうだいじょうぶだ」

「いがったな。どれどれ、ふむふむ」

左門はズック靴のかわりだと言って足袋を取り出した。普通の足袋よりも、底の部分が布を重ねて分厚く縫ってある。

「この足袋はな、履物なしでそのまま歩けるようにできている。靴擦れの心配はないし、ズックよりも軽い」

「へえー。この足袋、靴擦れしないのかー」

直彦の踵は上の部分がふくらんでいて靴に当たりやすい。

走りの練習を始めた頃から靴擦れに悩まされてきた。

足袋は左門が考えを巡らせ、おふさが縫い上げた二人の合作である。

――靴擦れしない。ズックより軽い。速く走れる――

左門は靴擦れを気にする直彦の弱気を変えようと、足袋の効用を並べ立て、暗示をかけていた。

「源とサダの履もんは下駄か草履だ。この足袋はな、ズックにも負けねえ勝れ物。ヒコ、ためしてみっか」

左門に言い含められて、直彦はその気になった。左門の本音はこの足袋が草履や靴と比べて、どれほど優れているか正直自信がない。

しかし、直彦はすっかりその気になって走っている。

「じい。軽いなあー。どうだい、いつもより速く見えるかい」

「いやー、驚いた。速いこと、速いこと……」

左門は大袈裟にびっくり顔を見せる。

「ヒコ、足袋の底の方で土を掴んでみろ。土を掴んだまま、角を曲がってみろ」

「足袋の裏で土を掴む？……面白そうだ。やってみよう」

「うわーっ。いつ曲がったか分かんねえほど速かった。ヒコ、いがったな、いがった」

直彦はこの時、源太とサダに勝てるかも……と思い始める。

二人の燥《はしゃ》ぎ声が母屋にいる志津の耳まで届いてきた。志津は直彦が源太とサダにいじめられていることを知っている。

時折見せる塞ぎ込みもいじめが原因に違いない。志津の心配が深刻だっただけに、久し振りに聞くご機嫌な声がたまらなく救いになった。


「美代、久し振りだな。元気でいがった」

美代の顔が何時もに比べて、キラキラしている。

「こないだは、氷水ごちそうさんでした。今日はお返しにこれ持ってきた」

「そんな心配はいらねーって。わざわざ買ってきたんじゃなかろうな……」

めでた坂の氷屋は、季節が変わると熱々の玄米パンを売り歩く。

もともとは、美代のおばあさんが考えて作った玄米パンで、それを氷屋に持ち込み売りものにしてもらった。里ではうまいと評判になって、今では美代の家で毎日作って、氷屋に届けている。

「そうか、そりゃ初耳だ。ばあさんや、玄米パンだと、皆でごちそうになるべー」

「うれしいねー。志津さんにも声をかけなきゃー」

「おれが呼んでくる」

直彦は母屋へ向かって走りながら、今日の美代は目がキラキラしていると思った。

プァー、プァー。遠くからラッパの音が伝わってくる。
〈ほやほやの玄米パンだよー
香りが甘い里の味だよ〉
プァー、プァー、プァー……

「玄米パンのラッパを聞きながら食べられるなんて、美代ちゃんのおかげだ。今日はいい一日ね」

志津の声がはずんでいる。直彦は恥ずかしそうに、美代の横顔を盗み見していた。


年も押し詰まった頃、河ノ屋に事件が起きた。主人の宗兵衛は何時になく取り乱している。土蔵の鍵を破って忍び込んだ泥棒が、骨董品を盗み去ったという。

村の駐在所から巡査が駆けつけてきた。

「盗まれた骨董品は値の張るものですか」

「いや、それなんだが、手当たり次第持っていったようで、高価なものも残されている」

「ふむ……」

「刀剣もそうだ。拵《こしら》えが目立つ派手なものに手をつけている」

「ふむ素人か、どうやら骨董仲間の仕業ではなさそうですな」

そこへ、左門が顔を見せる。

「おう。駐在の秋月君か、朝からご苦労さま」

「先生、ごぶさたしてます」

先生と呼ばれた左門は、一時期村の剣道師範役で、駐在の巡査を始め、青年団の尊敬を集めていた。

最近は体力が衰え、稽古についていけなくなっている。

「先生の絶妙な抜き胴の業、もう一度ご教授いただきたいと願っております……」

河ノ屋の宗兵衛は二人のやりとりに焦れったい顔を見せる。

「その話はともかく、わしの眼にはすでに盗人の影が見えている」

「えっ、先生。泥棒を知っているとでも言うんですか」

「左門殿が、そう言うなら、そいつが泥棒に違いない」

「いや、知ってる訳ではない」

そこへ直彦がやってきた。

「じい。やっぱりヒコの足あとじゃねえ。もっとでっかい足だ」

「直彦、駐在さんだ、挨拶しろ」

宗兵衛に言われるまま、直彦はピョコンと頭を下げる。

「お孫さんか、いかにも利発そうな……」

「今、ヒコが言った通りだ。足跡は大人のもので、蔵の周りに残されていた。しかも、朝霜のお影で足形がクッキリ見える」

「それが泥棒の足跡かどうか……」

「それがだ。辿って行くと、隠居の向かい側、あの納屋に辿り着く。中をしらべると、積み上げた藁の間に風呂敷包みが見つかった。中味は確認していないが盗まれた骨董品に違いない」

「さすがは先生。犯人は単独で、運びきれなくなった物品を隠していった」

「左門殿、さすがじゃ。早速この眼で確かめたい」

「いや、宗兵衛さん。それは盗人を捕まえてからにしてもらいたい。奴はもう一度、必ずやってくる。その時、事がばれたと感じとったら、逃げ出すに違いない。それを捕らえようとすれば犯人はもう死にもの狂いで始末におえなくなる。奴は風呂敷包みの置き場所、置き方、隠し方を本能的に記憶しているに違いない。きまりがつくまで、現場はそのままに願いたい」

「いや、わしの早とちりだ。左門殿の言う通り……」

「先生の見事なお手並。一本とられやした」

あとは泥棒を取り押さえる段取りでひと揉めしている。

「私は駐在の巡査です。泥棒の逮捕、それが仕事です。私がやるのは当然でしょう」

「左門殿はもう年だ、ここは駐在さんにまかせた方がいい」

しかし、左門は自分が決着をつけると言いだして譲らない。

「納屋の中を誰よりも知っているのはこのわしだ。奴の捕まえ方もすでに頭の中にある。大勢でやれば失敗する恐れも無きにしも非ずだ。相手に気づかれないよう一人でやるのがいい」

左門が強い調子で捲《まく》し立てるので、宗兵衛も巡査の秋月も言いなりになってしまう。

左門には口にこそ出さないが、自分の手で事件を解決したいもう一つの理由があった。直彦の現場立ち会いである。犯人逮捕という緊迫感の場面でいかに耐えられるか、度胸試しにふさわしい機会と考えたからである。

「盗人を捕まえる役目はじいにまかされた」

「じい一人か……」

「そうだ。いったいいちで対決した方がうまくいく。今夜から納屋に泊まり込みだ」

直彦に一緒に行くかと、誘いたいのだが、それを直彦の口から聞きたいと思っている。

「じい……」

「なんだ……」

「ヒコも行く」

左門の顔が一瞬ほっとしたように見えたが、直ぐ軍師の表情に変わっていた。

「相手は泥棒だぞ、怖くないか」

「おっかなくねえ……」

「分かった。しかしこれからじいが言う約束が守れるかどうかだ……」

直彦はしっかりと、左門の目を見て頷いた。

「すべてが予想通りにいく訳ではない。じいに不覚があってもヒコは騒ぐな、声を出すな。それが守れるか……」

「ヒコは、どんなことがあっても声は上げない」

「よし、この事件、ヒコと二人で役目を果たそう」

そこで、張り込みを前に、先ず納屋の下見をすることにした。

「ヒコ、泥棒が忍び込むのはこの入り口だ。戸が閉まっているので、侵入する時は音がする。この音を覚えておけ」

左門が戸を開ける。——ゴロ、ゴロ——　中に入ると真正面、五、六メートル先に藁の大束が積み重ねてあった。

「ヒコ、真っ直ぐ前を見ろ、藁の間に包み物が見えるな……」

「うん」

「盗んだ物を一度に運びきれなかった。今夜か、明日か、奴は必ず回収にやってくる」

「じい。ヒコはどこにいたらいい……」

「それなんだが、じいが泥棒を捕まえるところが見たいか……」

「見たい」

「じいに何事があっても声を上げないか」

「もう。分かっている」

直彦の待機場所は二階と決まった。二階といっても階段が五段しかない。左門の頭が直ぐ下に見える。

「じいは階段の下か」

「そうだ。しかし場所はまだ決めていない。泥棒が奥の方へ入るまでは、通り道を開けておかねばなんねぇ。その後はその時の判断だ」

直彦が左門の動きを目で追っていると、階段の裏側に腰をおろして考え事をしたり、通り道で正座したり、直彦には動作の意図がさっぱり掴めない。

初日の張り込みは空振りに終わった。

「今夜こそ、奴が現れそうな予感がする」

「こなかったら……」

「まさか、あきらめる筈はあるまい」

左門の気持ちをいらいらさせた泥棒は、果たして姿を見せるだろうか。

そして夜が更けた。直彦は待ちくたびれて、納屋の二階でうとうとしている。

急にゴロゴロと表戸が開いて、月の光りが差し込んだ。

階段下の通り道に知らない男が立ち止まっている。男の姿が奥に消えた。その瞬間、フーッと風のように動いた影、その影は男の後ろ姿を見送りながら、逃げ道を塞ぐように正座する。左門である。男はそれに気づいていない。

間もなく、風呂敷包みを背負って、戻ろうとして気がついたらしい。

「先ず、その荷物をおろせ……」

「………」

「おぬしにもよくよくの事情があってのことだろう。心を入れ替えて、盗んだものを返すと言うなら、見なかったことにしてもいい……」

と言った後、左門は腰を浮かせて爪先を立てた。攻防に備えた姿勢である。

「しゃらくせい……この老いぼれが、そこをどけ……」

男が左門に向かって足蹴で迫ってきた。

その時、直彦は左門がとった動作について、何も覚えていない。いや、何も見えないほど素早かったと言うべきだろう。左門は戸口から入ってくる月明りを背に、ほとんど動きを見せていない。ただ、目にも止まらない動きの中で、何かが光ったように思えた。その瞬間、左門を蹴とばそうと仕掛けた男の足が宙に浮く。あとは土間に崩れ落ちて気を失ってしまう。

左門の手には男の胴を払い上げた木刀が鈍く光っていた。

泥棒は逮捕され竜ヶ里は再び元の退屈を取り戻すことになった。

ところが直彦の思いの中では、時が経っても泥棒事件が少しも色褪せることがない。神の手のような左門の技が、昨日のことのように甦る。

左門が言った〈じいに不覚があっても声を上げてはならない〉今その訳が直彦の胸に痛いほど刻み込まれている。左門は武士である。武士にとって、事に臨むということは、死を覚悟することだ。勝ち負けは闘ってみなければ分からない。武士は瀬戸際に生きている。

直彦は左門が好きで、父のように親しんできた。しかし事件以来、愛よりも憧れに変わったことに気づいている。

「じいが神さまみたいに見えた……」

「…………」

「じいが泥棒に何をしたのか、あの場面を思い出そうとしても、それが見えてこない」

「もう済んだことだ」

「今は、じいのように強くなりたいと思っている」

左門は静かに語りかける。

「怖いことでも、強い相手でも、立ち向かう時は、おろおろしない。自分を信じて力を出しきる」

左門は直彦の目をじーっと見詰めている。

「じいが言ってること、分かるか……」

「分かってる。もう足が痛いの、疲れたのとは言わない。ヒコにはやらなければ終わらないことがある」

直彦が源太とサダのいじめから解放されるためには、相手の腕力に打ち勝たなければならない。

軍師役の左門は、夏から秋へ直彦の体力づくりと、走りの練習を厳しく見守ってきた。そろそろ総まとめの時期がきたと見定めている。

直彦と源太が対決する時期を、学校の春休みと見込んで訓練の最終段階に入ることになった。

「ヒコは走りが上手で、しかも速くなった。あとはもう一つ。たたかいに決着をつける最後の練習だ。その場所とやり方はじいの頭の中にある」

直彦が左門の後ろについて行くと、そこは隠居の裏側で、先頃までは雑草が一面に広がっていた所だ。今は枯れ果てて広々と見える。地形は足元から先が、緩やかな下り坂になっていた。五～六メートル先には大きな丸太がぽつんと立っている。高さは直彦の背丈を超えるほどで、太さは一抱えもある。

「じい。これは一体なんの真似だい」

「ヒコが、奴らと勝負する最終場面をそっくり再現した練習場だ」

もともと何もなかった原っぱに、丸太を埋めたもので、掘り起こした土がまだ新しく見えた。

「へえー、で、どうするの？」

左門はこれが手本だと言わんばかりに、丸太に向かって走り出した。斜面を下るので走りは楽に見えたが、突然丸太に体当たりした時、直彦は思わず声を上げた。

「でいじょうぶか、じい……」

左門はその瞬間、丸太に抱きついたまま丸太の周りをゆっくり回転した。

その格好は初めてお目にかかる不思議な動きで、鳥のようでもあり、猫のようにも見えた。

直彦にとってこの練習がいかにつらく、困難であるか、後日思い知らされることになる。

霜柱をサクサク踏みながら、小雪のハラハラを顔面で受けながら、直彦は丸太への体当たりを休みなく続けている。

「ヒコ、丸太の前で走りの力を抜くな。そのまま丸太へ抱きつくんだ……」

全力で走りながら丸太にぶつかれば、怪我をするのは目に見えている。本能的に力を抜くことになるが、速度を加減しても当たった所が痛むのである。

「体重のすべてを、丸太杭にぶっつけようとするからうまくいかない。先ず右肩で体当たりして、丸太に組みつく。同時に両足のうら側で丸太杭をはさみ込む。最後に振子の要領で体を回転させてやる」

直彦には体当たりの怖さだけが残って一向に進歩がない。左門が言う通り右肩から当たって両足のうらを丸太に巻きつけようとしたが、勢いよく地面に叩きつけられてしまう。しかし、左門のお手本を見ているうちに、直彦はこれだと気づいたことがある。

体当たりしたら先ず全身の力を抜く。すると、回転運動が滑らかになって、体にかかった圧力が逃げていく。直彦はようやく回転運動のコツを掴んだように見えた。

「ヒコ、あせることはねえ」

と言いながら、左門は不安な顔になる。

直彦は泥棒事件以来、左門を神さまのように信じている。だから、この練習をあきらめようとはしない。

年の瀬も押し迫った頃、ようやく練習の成果が見えてきた。全速力で丸太に組みついて、振り落とされる前に体の力を抜く、すると回転運動が滑らかに働いた。

「じい。今のやり方見ていたかい」

直彦の顔が嬉しさでくしゃくしゃに崩れている。

「やったなヒコ、ばあさんにも見せてやれ。もう一回やって見せろ」

直彦の頬が紅潮して吐く息が白く長い。これまで、おふさの目の前で練習の様子を見せたことは一度もなかった　顧みればこの練習も、おふさの手助けなしには、今日まで続けられなかったに違いない。直彦の靴擦れも、おふさが作った足袋で解決した。運動能力が向上したのも、この足袋のおかげと言っていい。泥の上をじかに走った足袋は一日で汚れてしまう。それを、おふさは毎回取り替えてくれた。

直彦はおふさの目の前で、丸太杭に向かって走る。いいところを見せようと、気負っていた。その所為か、体の回転がいつもより少なくなってしまう。直彦は不満顔だが、おふさは手を叩いて顔を崩している。

「ヒコ、うまいことやったなぁー。いがった、いがった」

道路に残っていた雪が、いつの間にか溶けて、土の色が蘇っている。

「ヒコ、練習は全て終わった。あとは奴らと白黒を決めるだけだ。今日は現場の下見に行こう」

直彦は言われるままに、左門の後について行く。

「場所はヒコがよく知っている、駄菓子屋と沼のある草刈場だ」

二人は広い道路から寺坂道へ入った。間もなく、駄菓子屋の前に差しかかると、直彦には嫌な思いが蘇ってくる。ひょっとすると、今日も源太とサダに会うかも知れない。

「ヒコ、いいか、じいの言うことをよく覚えておけ。奴らとのかけっくらは、この駄菓子屋の前から始まる。源とサダを相手にどっちが速いか、かけっこする。勝った方が村一番だ。先ず、ヒコが駄菓子屋から出たら家の方向へ歩く。源とサダがヒコの前に現れて、通せん坊をするに違いない」

「じい、分かっている。この前は二人の間を駆け抜けようとしたが失敗した」

「その通り。今度は逆に後ろ側へ向かって走れ。体の向きを変える練習は、いやというほどやってきた」

「じい。走りっこ、やっか……」

直彦は素早く体を回転させると、力一杯土を蹴った。

左門はその後を追って、二〇メートルほど走る。

「ヒコ、速くなったな。じいは追いつけねえ」

振り返った直彦の顔が得意気に見えた。

「次の競争は、今走ってきた道から左側の畑道へ入る」

畑道の左右はお茶の木の垣根になっていて狭い。一人通るのがやっとである。直彦は土蔵回りの練習を飽きるほどやってきた。あらかじめ曲がる側に寄って急速に体を捻った。その間、少しも減速することがない。畑道に入ると、得意気に左門を振り返って余裕を見せる。

「ヒコ。ちょっと待ってくれ。もう追いつけねー」

左門は大袈裟に直彦を調子にのせる。自信を持てと言いたいに違いない。

「この先がどこか、分かってるな。そうだ草刈場だ。そこに何がある、深い沼だ。つまりこの道は行き止まりになっている。奴らとの競争はこの畑道の先が決勝線だ。おおよそ八〇メートル。ここが勝負どころだぞ。奴らに勝つ、勝てる力は十分出来上がった。負ける筈がない」

直彦は炎天の中、田圃道を繰り返し走り続けてきた。――そうだ。負ける訳がない――

左門は直彦の後を注意深くついて行く。

直彦は八〇メートルを一気に駆け抜けて、沼への下り坂が見えた所で足を止めた。沼までは七、八メートル残っているが、ここで止まらないと、そのまま沼へ墜落してしまう。

「ヒコ、今日の走りは満点だが、奴らとの競争は丸太杭で決着がつく。丸太の回転運動に成功すれば、間違いなくヒコの勝ちだ。奴らはここでヒコに振り切られて沼へ転落する。源かサダか一人でも落ちれば、自力で這い上がることはできない。助けがいる」

それはともかく、直彦は大事なことに気がついた。

「じい、あの丸太杭。ここにはなかっぺ」

「見ての通り、ここには樹木もなければ杭もない。しかし心配には及ばねえ。練習で使い慣れたあの丸太杭をそっくりそのまま移動する」

「やったー」


左門と直彦は、久し振りに駄菓子屋に寄っている。

「何がいい……」

「ダルマ飴」

「やっぱり」

二人は笑顔を見せ合いながら店を出る。幸い源太とサダの姿は見えない。最近、二人の悪行が駄菓子屋の主人にばれて、店頭から締め出されてしまったという。ところが、直彦の顔が急に強張った。二つの影が物置小屋から道路に飛び出してきたのである。直彦が顔も見たくない源太とサダだ。

「おい、河ノ屋。このめえは急に逃げやがって、よくも恥をかかせてくれたな。落とし前だ、その飴を渡しな……」

「おれは、源太の子分じゃねえ」

「何にーっ、つべこべ言わずに渡しな」

左門は黙って直彦を見守っている。

「おれは帰る。道をあけろ……」

堂々と言い切った直彦の態度に、左門は驚いた。源太とサダを相手に気持ちの上でも引けを取らない。その証を見た思いである。

「ありゃー、美代じゃねえか、久し振りだな」

「玄米パンを食べたっきり、会ってねえな、じい」

「丁度、飴のみやげがある」

「みんなで楽しくやるべー」

「志津さんにも、声をかけるといい」

隠居所は急に賑やかになってきた。ダルマ飴が配られると誰もが幼子に還って飴をペロペロなめ始める。

直彦の目が美代の顔に注がれた。

「美代ちゃん。およめさんみたい……」

「なんだべー、そんなふうに見える……」

美代が恥ずかしそうに俯く。ダルマ飴の紅い色が唇に移ったのだろう。

「あら、ほんとだ。美代ちゃん、紅をさしたみたい。可愛い」

と、志津が言う。

美代は顔を赤らめて、頻りに唇を手でぬぐう。

直彦はそんな美代にいとおしさを感じたようだ。おなごを慕う気持ちが芽生えたのであろうか。

かけっくら

その日は、直彦にとって待ちに待った朝である。

「ヒコ、奴らとの駆《か》けっくらだ。今日こそ決着をつけよう。丸太杭は練習の時と寸分違わぬように、よんべのうちに移し変えてある」

「源太とサダはくるかな……」

「きっとくる。奴らは陽気がいいと、菓子屋のあたりにたむろしている」

左門の判断には、いつも迷いがない。

その日の直彦は未だ春先というのに、軽い夏服と短めのズボンを選んだ。足袋は練習で履き慣らしたもの。しかし、足袋跣足では怪しまれる。そこで、下駄を履くことにした。

直彦はいよいよ、時が迫ってから志津に声をかけた。

「駆けっくらに行ってくる……」

志津は格別驚いた様子は見せていない。

「そうかい……」

「……」

「ヒコ、無理はするなよ、負けたっていい。何にも気にすることはねえ。いつもの通り駆けてきな……」

「……」

直彦はこの時、これから何が起こるか志津は全て御見通しだと感じとった。

左門は一言〈なむじゃらじゃん〉と、訳の分からないことを言う。左門の口癖で、まじないのようなものである。

「近頃、カモが来なくなったな……サダ」

「店のおやじが、おれ達の悪口言いふらすからでねえの……」

陽気のよさに釣られて、源太とサダが駄菓子屋に近い物置小屋で落ち合っていた。

「まあいいさ、店があれば客はくる……」

源太が言い終わらないうちにサダがあわてだした。

「源あに、見たか、今、目の前を河ノ屋が通った……」

「なにーっ」

源太は忍びの者がするように、ぬーっと顔を出して駄菓子屋の方へ目を送る。

「たしかに河ノ屋、しかも独りだ」

二人は顔を重ねるように立ち並んで、直彦の後ろ姿を見詰めている。

「あの野郎、こないだは大目に見たが図に乗りやがって、今日こそはぶちのめしてやる」

直彦の下駄履きがいかにもぎこちなく見えたらしい。

「あの足許じゃ相手にもなるまい。なあー、サダ」

サダは直彦が何を履こうが気にもならない。足の速さは竜ヶ里の仲間内で、誰にも負けない自負がある。

「サダ、あいつは小さくてすばしっこい。こないだみたいに間を抜かれな……」

二人は道路を塞いで、迎え撃つ態勢を調えた。間もなく直彦が店の前に現れる。源太とサダは、直彦が足袋跣足になっていることに気がついていない。むしろ、菓子袋を持っているかどうかに目を奪われていた。

直彦は二人が道路に立ちはだかって、動かないのを確かめると、自分の方から二人の前に迫って行く。相手との間隔が望み通りの距離に達するとピタッと足を止めた。両者の間はおよそ五メートル、直彦の練習ではこの間合に自信があった。

「河ノ屋、よくきたな。今日はこのまま逃す訳にはいかねー」

二人は両手を広げて、――さあ来い――と言わんばかりの格好を見せた。

「なむじゃらじゃん」

直彦の吐き捨てるような掛け声が合図になって、両者の対決、駆《か》けっ競《くら》が開始された。その時、源太とサダは思ってもいなかった展開に、あっけにとられてしまう。直彦が突っ込んでくるものと思っていたが、急に背を向けた。二人が驚いたのは不意をつかれただけではない。直彦の動きの切れが無駄がないばかりか、美しくさえ見えたことである。

〈なに考えてんのか、このガキめが〉後手に回った源太とサダは、忌ま忌ましいと思いながらも、直彦の後を追うしかない。

直彦が目指す方角は寺坂道で、河ノ屋とは反対側になる。この先、助けを求める所は満願寺しかない。お寺までおよそ二〇〇メートル。直彦の脚力がもつかどうか、源太はひそかにほくそ笑んだ。ここから先は、源太とサダの追撃戦が始まる筈だが、直彦の姿が二人の目の前から忽然と消えてしまう。

〈そんな筈はない〉と思いたくなるのが当然である。

サダは直彦の姿が消えた地点にやってきて、ようやく左へ折れる畑道があることに気がついた。その瞬間、頭に浮かんだことがある。直彦は何故か道の中央を避けて、左側に寄って走っていた。始めから、畑道への左折を頭に入れて、一瞬消えるような速さで曲がったのであろうか。侮っていたチビガキにまんまと嵌《は》められた。サダはこの時、何故か背中がザワザワするのを感じている。

畑道は直線でおよそ八〇メートル。先頭に直彦、七メートルほど離されてサダ、その後方に源太が続いている。

サダは畑道の先には沼があって、道が行き止まりであることを知っていた。直彦を捕まえることはすでに確定したも同然である。しかし、サダは満足していない。仲間内では駆けっ競で負けたことがない。常に一番である。——一番——こそがサダの意地であり誇りでもある。ここで目下のチビに負ける訳にはいかない。仲間の笑い者になりたくないのだ。八〇メートルの畑道、走り勝つ以外何も考えられない。二人の間隔は六〜七メートル。サダは全力で走ったが追いつけない。

炎天の中を黙々と走り続けている直彦の歪んだ顔を思い出した。——この日のために——だったのではないだろうか……。

前を走る白い足袋が乱れもなく上下して、美しくさえ見えてくる。畑道の中頃まで走って、直彦との間が多少狭まったが追いつけない。今日の直彦は間違いなく速くなっている。しかし、強気のサダは決してあきらめていない。畑道の先は沼へ向かって下り坂になっている。そこで走りをやめるか、速度を落とすか、そのまま走り続ければ沼の中へ、自ら飛び込むことになる。

サダは直彦の走りに勝つ場所はここしかないと読んで、藁草履を脱ぎ捨て裸足になった。その気持ちが走りに伝わったのであろう、サダは直彦に手が届く所まで迫る。

そして、沼が見下ろせる運命の場所に差しかかった。——さあ、直彦はどうでる。手前で止まるのか、それとも速度を落として坂を降りるのか——

サダはここでも、直彦の不思議な行動を見せつけられる。

直彦はそのまま止まらない。速度も変えようとしない。

サダは直彦の背中に手が届く所まで追い込んでいる。その時、直彦の姿勢が急に変化したことに気がついた。腰を低くして、まるで相撲でいう腰を割る格好で、下り坂をすべるように走り出した。サダはその姿の見事さに一瞬見ほれてしまう。この時、直彦ともども沼の中へ転落するだろうと覚悟した。ところが、直彦は急に飛び上がって目の前の中空で止まる。いや、止まったように見えた。そこには、今まで見たこともない大きな棒杭が立ちはだかっていて、直彦がその棒杭に衝突した。サダは走りを止めようとしたが止まらない。成り行きで、直彦の背中にしがみつく。

直彦はサダの重さで棒杭から体をもぎ取られそうになる。辛抱ができないほどの苦痛は、練習中一度も経験したことがなかったに違いない。その瞬間、直彦の体が時計回りに回転して、サダの手の中から逃げてしまう。

サダは振り落とされて体が宙に浮く。あとは沼に向かって一気に転げ落ちてしまった。源太には余裕がある。目の前でサダが直彦を一気に追い詰めるところを見ているからだ。そろそろ勝負がついているに違いない。

「源あにー。助けてくれー」

サダの悲痛な声である。まさかと思いながら、源太は急いで沼の方へと走った。が、そこで予想もしなかった光景を見ることになる。サダは沼の中にいた。泥から脱け出せないでもがき苦しんでいる。

直彦の方は見慣れない棒杭に掴まって、晴れ晴れとした顔付きだ。

「サダ‼ 何じゃこのざまは……」

源太は期待を裏切ったサダの不様を責めている。

「源あに、水がひゃっこくて我慢できねえー、早く上げてくれ……」

源太は忌ま忌ましげに、手を差しのべる。サダは待ってましたと、その手を力一杯手繰り寄せようとする。源太は堪えようと踏ん張ったが、腰が浮き上がって頭から沼の中に突っ込んでしまう。

この時点で、直彦は駆けっ競に勝ったと確信した。

源太もサダも直彦に負けるとは思ってもいなかったに違いない。直彦の方は全てが終わったという気分で、大きく息を吸い込んだ。


「河ノ屋、オレをここから上げてくれ。この通りだ」

直彦が振り向くと源太が沼の中で手を合わせている。二人が沼から抜け出そうと、苦しんでいるのを見て、見ない振りはできない。かといって、不用意に手助けすれば、三人とも同じ目に遭うことになる。

〈さて、どうしたらよかっぺ〉

直彦は日頃から左門の教えを体で覚えてきた。

〈気転を利かす〉

答えは直彦の目の前にあった。左門が埋め込んだ棒杭である。あの棒を倒して、沼の中に差し入れることだ。しかしあの杭が簡単に抜きとれるとは思えない。棒の天辺によじ登ると、体を前後左右、力一杯動かし始める。棒杭がぐらつき始めると、間もなく大きく傾き出した。そこで、傾いた方にぶら下がって足をバタバタ動かしてみる。すると、棒杭が力を失ったように倒れてしまう。それをズルズル引き摺って、沼の中に押し入れる。

源太はサダを退けて棒杭にしがみつくと、懸命に這い上がってきた。

〈これでよし……〉直彦は一刻も早く、この場から去りたかった。

「オイ、河ノ屋。ちょっと待て、ふざけたまねしやがって」

振り向くと、泥まみれの源太が、顔を真っ赤にして目を見開いている。

直彦は咄嗟に逃げようと考えた。

「この野郎、ぶちのめしてやる」

その声に背を向けると、源太が馬乗りに伸し掛かってきた。結果はひとたまりもない。ところが、意外なことに源太の悲鳴を聞くことになる。

「よせ!!」

源太は直彦の始末どころではない。頭上に得体の知れない生きものが、取りついている。

それを払い除けようとするが、化け物は頭を掻きむしるように暴れ出す。源太はそれを頭上にのせたまま気が狂ったように逃げ出した。

直彦はその一部始終を見ていた訳ではないが、逃げ惑う源太の後ろ姿を目で追っていた。化け物の正体は分からない。猫のようでもあり、カラスのようにも見えた。もう一つ、気になったことがある。どういう訳か源太が去った後に、煤くさい残り香が漂っていた。

直彦は何故かその匂いが気になっている。

「ふん。罰当たりが、あんな薄情もんとはもうおさらばだ」

直彦はサダの声を聞いて我に返った。

「手前勝手な野郎さ。もう我慢なんねー。兄貴でもなければ子分でもないわ」

サダの体が小刻みに震えている。冷たさに堪えているのだろう。

「河ノ屋、おめえはやさしいなあー。今度ばかりはオレの足も及ばなかった。あんたの勝ちだ」

寺坂山から雉子の鳴き声が聞こえてきた。竜ヶ里の空気に慣れなかった頃、雉子の声が無気味だったのを覚えている。それが今、

――イガッタ、イガッタ――

と聞こえて心地好い。徐々に喜びが込み上げてきて、真先に左門の所へ。

左門は待ち続けていた様子で、普段とは違った目付きをしている。

「じい……」

その後が言葉にならない。

左門は黙ったまま、直彦の足許から腹部へ、そして頭の天辺へと、まるで身体検査のように、注意深く観察している。

「いがったな……」

直彦は喜びが込み上げてつい涙目になっている。

「なむじゃらじゃん……」

左門の目が光った。〈自分に甘えるな〉と言っている。〈意地を持て〉と言っている。

直彦は日頃から左門のようなサムライになりたいと憧れてきた。涙に堪えながら左門の目を見詰めている。

竜ヶ里では源太の姿が見えなくなって、菓子屋の主人が喜んだ。店を訪れる子供達の数が増えたからである。

「孫さんのおかげで、子供らの笑顔が戻ったような気がいたしやす」

菓子屋の主人が河ノ屋に足を運んで、宗兵衛にお礼を言いにきた。

宗兵衛は源太の悪さは耳にしているが、孫の直彦が懲らしめたとは知らなかった。

側にいた志津が代わって返事をしている。

「何だか大袈裟になったげんど、直彦の力じゃないんで。左門じいから授かった知恵を、直彦がやったまでの話で……」

志津は頻りに恐縮の言葉を繰り返した。宗兵衛は孫が褒められたので上機嫌である。


竜ヶ里では寺坂騒ぎが話題になって、遂に小学校の校長が左門を訪ねてきた。

「弱い者いじめがはびこって、困惑してるところです。左門殿の知恵をお借りしたいと伺いました。先ず教員に今回のお話など聞かせて頂きたいのだが……」

校長の申し出に左門は驚いた。見当違いだと思ったからである。

「わしは、特段いじめの対策に役立つような考えは持ち合わせておりません。ただの素浪人。教育者ではないので……。先生の申し出ではございますがお断りいたしやす」

「校長のわしが、直接左門殿にお願いしたいと参った訳でして、そこは何とか……」

「無礼とは存じますが、ならぬことはならぬと決めていますんで」

校長はこれ以上口説いても無理と判断したのか、左門の前から去って行った。

この話が、竜ヶ里の人々に伝わって、さまざまな反応が里を騒がせることになる。

――さすがはサムライ左門さまじゃ――という声。反対に――校長の申し出を断るとは、何さまのつもりだ――しかし、左門を知る者は、その気風に惚れ込んでいる。


鰍沢の子供達にとって、左門と校長を巡る里の噂話など関係がない。

今年の夏はいつもと違って笑い声が大きく弾んでいる。去年までは源太とサダが、水場を仕切っていて不愉快な思いがあった。しかし源太の姿はない。サダはあの駆けっ競以来直彦を目上のように慕っている。

「ヒコ、素潜りでもやっか……」

「おれ、やったことがねえ。教えてくれっか」

二人は水の中に体を真っ逆さまに立てると、川底目掛けて潜っていく。水中にはハヤやコイ、フナなどが体に当たるほど泳ぎ回っている。川底の石の間にはナマズが潜んでいた。

サダが直彦に指で合図を送る。ナマズはじっとして動かない。

直彦が捕まえようと手を出した途端、今までじっとしていたナマズが急に逃げ出してしまう。その時、直彦は初めてナマズのぬるぬるした感触を経験する。

二人は手ぶらのまま浮かび上がった。

「ヒコ、ナマズはな、頭を強く掴むんだ。さあ、もう一度いくぞ……」

今度はサダが気を利かせて、ナマズの逃げみちを塞ぐように石の後方に回る。と、直彦の目の前にナマズがひょっこり頭を出した。そこを、すばやく手掴みに。体長が三〇センチほど、手の中で大暴れしたが無我夢中で手を離さなかった。二人が水の上に顔を出すと、サダが大袈裟に喜んで見せる。

「ヒコが大物を捕まえたぞー」

河原にいた子供達も——やった、やった——と大騒ぎになる。

「さあ、皆で焼いて喰うべぇ、ヒコいいよな」

子供達は慣れた手つきで、ナイフを使ったり、竹串に刺したり忙しく動き回る。ナマズの他に、子供達が釣り上げたコイやフナなどが焚火の周りに並べられ、河原は魚の臭いが漂った。

里山の方から、ミンミンやカナカナの鳴き声が混ざり合って、河原に届いて来る。賑やかな子供達に囲まれた直彦は、竜ヶ里に移り住んでよかった、と言わんばかりの表情を見せている。

かつて直彦の夏休みは、暑い陽射しを恨みながら走ることだった。蝉のガチャガチャがうるさいと、癪に障ったこともある。今ではそれが嘘のような思い出になっている。

その頃、河ノ屋に電報が届く。

――オリン　キトク　ヒコニ　アイタシ――

おりんが世話になっている郡山のおばさんからの報せである。おばさんは会津藩士の家に生まれ育った。おりんとは幼友達である。

すっかり活気を失った会津若松を見限って、新天地を郡山に求めることになった。市内で小料理屋を始めると、それが当たって人出が欲しくなる。

〈おりんさんに、手伝ってもらいたい〉

その頃のおりんは、直彦と別れて胸の中にポッカリ穴が開いたままである。おばさんの誘いを待っていたように、郡山の家に住み込みで働くことになった。

おりん

——おりん、危篤——、直彦はおりんが病気であることは知っていた。しかし、危篤の意味が分からない。

「おりんさんに会いたいか……」と、志津が直彦の顔を見る。

「会いたい」と強い口調が返ってきた。

郡山は遠い。めでた坂からバスに乗って白河へ。その先は汽車、東北本線に乗り換え、郡山駅で下車する。しかし、母親である志津には、直彦の会いたい気持ちが痛いほど伝わってくる。

「よし、分かった。明日にでもおりんさんを尋ねよう。いいなヒコ」

「いいに決まってる」

直彦は志津の前では見せたこともない、嬉し顔になった。


その日は朝から酷く暑かった。志津と直彦が郡山駅に降りた時刻は正午を回っていたが陽射しが強い。

おばさんの家を訪ねることになるが、情報は所番地以外、頼るものは何もない。暑い陽射しの中を訪ね歩く元気はなさそうに見えた。

「ヒコ、昼ごはんにしよう」

駅前のそば屋には氷と書かれた小旗がぶらさがっている。

「母さん。ここがいい」

ヒコは氷が目当てだったようで、そばを食べた後、かき氷をねだった。

志津の眼は、駅前で暇をもて余している人力車夫に注がれている。

「行ってくれるかい……」

と、声をかけた。

「よーうがすとも」

白髪混じりの車夫が、日除けの笠をかぶると、行先の見当がついたと見えて街の中へ走り出る。

直彦は目をキラキラさせて、街の様子を眺め回している。会津若松よりも人の行き来が激しい。何よりも面白かったことは、車夫が人を追い抜く際、決まって——あーらよ!! ——と声をかける。それが堪らなくおかしいらしい。

そんな直彦を傍らで見ている志津も和んで見えた。

おばさんの店は道路に面していたが、家の者が出入りする勝手口は、路地へ入った所にある。狭い道に足を踏み入れると、両側に長屋が並んでいた。


「これはこれは、遠路ご苦労さまでした」

おばさんが如在無く出迎えたが、あわてた様子を隠そうとしない。早速、志津と直彦をおりんの部屋に案内した。布団に仰向けになったおりんは、眠っているのか反応がない。

「おりんさん、志津です。直彦も一緒ですよ」

「おりん……」

直彦は一段と声を張り上げた。

「このところ、ずっとこんな具合で話が通じません」

おばさんは言い終わると席を外した。


六畳の部屋には鏡台と、部屋の片隅に衣桁屏風が立っているだけで何もない。まるで、旅館の一間を借りているように淋しい。

おりんが会津若松を出る時、手荷物一つで辿り着いた姿が想像できる。

　おばさんが茶を運んできた。

「折角おいでいただいたのに、おりんさんがこんな具合いで申し訳ございません」

「なにを仰しゃいますか、こうしてお目にかかれたのも、世話をしていただいたおばさんのおかげです」

「暑いので、麦茶ですが……」

「どうぞお構いなく……これはこれは、冷たい飲みものがなによりです。直彦も頂きなさい」

　二人は冷やした麦茶が此の上ないご馳走と喜んだ。

　時が経ってもおりんの様子は変わらない。志津は内心これ以上、おばさんの家に厄介をかけることは忍びないと思っている。と、その時、途切れたままの話を繋ぐように、おばさんが言いだした。

「ところで奥さま、おりんさんの容態がこの先どうなるか、私どもには見当がつきません。ご都合もあるでしょう。おりんさんは奥さまと、あんちゃんにお会いして、きっと満足していますよ。この先は私どもにまかせてお引き取りなされては……」

「正直、私もどうしようか迷っていたところです。何のお役にも立てず申し訳ございませんが、おばさんの好意に甘えさせていただきます」

「お母さん。ヒコはもう少しおりんのそばにいたい。おりんと話したい」

「あんちゃんの気持ちはよーく分かります。どうでしょうお母さん。あんちゃんを汽車にのせるまで、私どもが責任もってお預かりします。あんちゃんはしっかり者です」

「おばさん。何から何までご配慮、もう何も言葉がございません。ヒコ、よかったねぇー。おばさんの言う通りに、いいね……」

志津は、用意してきた見舞金とは別に、直彦の汽車賃、お世話代など別封にして、深々と頭を下げた。

おばさんはこんな心配はと頻りに断っていたが、受け取った。


ここは会津若松に違いない。阿弥陀寺へ墓参りに通った道のような記憶がある。道路の左右には、曼殊沙華が火の色に咲き乱れて、と思い込んでいたら、実は焔《ほのお》がワラワラと燃え盛って夜道を照らしているのだ。

直彦はその道をおりんと手をつないで歩いている。

「ヒコ、逢いたかった。すっかり大きくなっちゃって。クロ丸には会ったかい。今夜は昔の会津若松に戻っている。うれしいよ……」

クロ丸は会津若松で、おりんの家に住みついた猫である。直彦とは大の仲良しでクロ丸が兄貴分でもあった。

「クロ丸がここにいるのかい……」

「そうだよ。ほら、ヒコの後ろ側だ」

「…………」

たしかに黒い猫が蹲《うずくま》っているが、クロ丸ではない。一向に話が通じないのだ。

「ヒコ、実は最期の願いごとがあるんだげんども、叶えてくれるかい……」

「ああいいよ。おりんの望みなら何でもやる」

おりんはもう立っているのがつらそうだ。直彦は両手でおりんを支えている。

「これから先は、ヒコの胸の中で暮らしたい」

「どうしたらいいんだい……」

「おりんの胸の中にある想いを、ヒコの胸の中に受け入れてもらいたい。いいかい……」

直彦はおりんの胸を自分の胸にピッタリ合体させた。

「おりん。これでいいのかい。何だか胸がじんじんと熱くなってきた」

夜空に白いものが舞う。二人の肩に降りかかる白いもの、それは桜の花びらである。

おりんは花びらを顔で受けながら、満ち足りた表情に見えた。

――花は観るもんでねえ、偲ぶもんだ――花見が嫌いだったおりんが、自ら桜を訪ねて会いに来たと言うのだろうか。

おりんの顔から血の気が失せて、白く青く見る見る知らない人に変わってしまう。

気がつくと、直彦は布団の上でおりんに縋りついていた。

「おりん、死ぬんじゃねえ。一緒に生きていくって約束したんだ」

「そうとも、とっくにヒコの胸の中にいる。これからはいつまでも、どこまでも二人は一緒だよ」

胸の奥からおりんの声が聞こえた。そんな気がした。

父親の直道が結核で亡くなった時、直彦は五歳である。里親をつとめたおりんは五年間、ひたすら直彦の血を温め続けてきた。
おりんは――血は水よりも濃い――血族という血の繋がりを信じない。他人の子供を自らの体温で温め続ける。そのやり方が親子の絆を強くする。そう信じ込んで疑わない。

戊辰戦争で敗戦国となった会津は、多くの戦災孤児を抱えることになった。武家の出自である孤児は他人に物を乞う行為を恥とする傾向が強い。

「物乞いなど乞食のような真似は死んでもするな」

親の教えを忠実に守ろうとすれば、餓死を選ぶしかない。武家の女性がそれを見兼ねて、救済の活動を始めた。

おりんはかつて母親から――きずなつけ――の話を耳にしたことがある。救済の奉仕をした女性が、親の気持ちになって育むために、自らの体温でひたすら子供の血を温めたという。その行為が親子の絆を強くする。そう信じてきたというのである。それが、やがて一つの儀式になって――きずなつけ――と名づけられた。

父を亡くした直彦は母志津の実家竜ヶ里へ帰郷することになったが、一方おりんは直彦との別れの悲しさから免れたい一心で、選んだ儀式が――きずなつけ――であった。

そこは人里離れた山奥のようでもある。直彦とおりんが小川に架かった橋を渡っている。と、その時、穏やかだった陽気が一変して、強風に煽られ先へ進めない。ようやく向こう岸へ着くと、そこには老婆が独り筵の上に蹲っていた。口寄せをするいたこだろうか。

「よく来なさった」

その声におりんははっと立ち止まる。

「母上、ごぶさたいたしました」

おりんが老婆のもとに駆け寄ろうとする。ところが足元から舞い上がる吹雪の所為で、目の前の何もかもかき消されてしまう。

雪は天空から降ってくるとは限らない。悪魔の風が直彦とおりんを襲ったかと思うと、地上から湧き上がった雪が顔面を洗うように吹き上がる。雪の渦にすっぽり嵌《はま》り込んだ二人の視界は、幻を見ているようで頼りない。

御幣が頻りにはためいている。引き裂いた麻の皮が細く長く、蛇に化けて虚空を舞う。

ここは賽の河原か、地面から湯気が勢いよく噴き上がって、二人の体を包み隠している。

直彦とおりんは全裸のまま胸を合わせて一体になっていた。

直彦は生みの親である志津との間で、一つだけ内緒にしていることがある。それは育ての母おりんと交わした親子の縁結び——きずなつけ——のことである。

直彦はおりんに育てられながら、しばしば訪ねてくる志津をもう一人の母と慕っていた。

おりんと別れるまでは、母親が二人いることに何ら矛盾を感じていなかったのであろう。

一方志津は子育てを、おりん任せにしていることに引け目を感じていたらしい。訪ねる時は手みやげを忘れたことがない。

直彦はそれが嬉しくて、志津が来るのを今日だろうか、明日だろうとか、待っていた。

おりんの方は、志津から受けとる直彦の養育費で生計を遣り繰りしているので余裕がない。機嫌取りの出費など考えたこともない。

志津の帰り際、直彦は別れのつらさに決まって大泣きする。

「ヒコはやっぱり志津さんじゃないと駄目なんだ」

そう言う時、おりんの目の色がきつくなる。それを直彦は密かに感じとっていた。

「いやいや、おりんさんの膝の上に抱っこされたヒコ、幸せそうで私なんかとてもかなわない……」

直彦はこんな時、志津の顔が晴れ晴れと輝いて見えることも知っている。しかし、女のさがどう言うものか知る由もない。

志津が帰った後、おりんの言葉はいつも決まっている。

〈男の児は泣かない〉〈泣く子は弱虫〉そう言いながら、おりんは直彦を膝の上に抱き寄せ、頬の涙を舐めながら自分の舌で拭きとるのである。その時のおりんの目の色は、慈しみに満ちた母親そのものに見えた。

――血は水よりも濃い――いや血の濃さではない――血を温める温度だ――。

二つの言い分のどちらが正しいか、直彦には分からない。しかし二人の母の目の色の変化が怖かった。ともあれ、親子の縁結びと噂される――きずなつけ――の事実を志津に言いそびれてしまった理由かも知れない。

静かである。幻から醒めた直彦の腕の中におりんがいた。気がつくと二人は裸体のまま胸と胸を合わせている。おりんはすでに全身の温度を失っていた。胸に目をやると板のように平べったく、かつてのふくよかな乳房にさくらんぼの乳首は見られない。

「おりん。死ぬな」

おりんは直彦が泣くのを嫌った。それを知っているから泣くまいとこらえている。

平常心になりたい時は――なむじゃらじゃん――を唱えるがいい。左門に言われた通り――なむじゃらじゃん――を繰り返した。しかし、一旦あふれだした涙は止まらない。我慢すればするほど激しさが増して、おりんの胸の上にとめどなく、涙が注がれた。

朝早くから寺の住職の声である。

おばさんは机の上に蝋燭、線香、鉦など仏具を並べながら、しゃきしゃきと働いていた。

「この暑さじゃご遺体が持ちますまい。火葬は急いだ方がよかろう。知らせる身寄りは……」

住職がおばさんの方へ目を遣る。

「実子が二人、いることはいるんですが、若松からこちらへ移ってから二人とも寄りつきません」

おばさんは話し出すと止めどなく饒舌になった。戊辰戦争で敗れた後、先祖は貧乏で暮らしは惨めだった。子供の頃から子守奉公などで家計を助けたという。おりんも似たような境遇で二人は仲良しになったらしい。

おりんは夫と別れてから内職の洗い張り、針仕事、編み物などの収入で二人の子供を育ててきた。

息子は早くから行商人の仲間に入って家には戻らない。

娘の方は奉公に出たっきり沙汰なしである。

「その頃、珍しくおりんさんから便りが……」

里親になったこと。月々決まった養育費が入るので生活が安定したことなど。

「私は食い詰め者で、会津を抜け出すと郡山に青山を求めたのです」

借りた一軒家で小料理屋を始めると、それが予想外の繁盛で使用人も増えた。ところがソロバンをまかせられる者がいない。そんな時、おりんさんがいたらと便りを書く切っ掛けになった。

「会津者の縁ですね。わたしはおりんさんに助けられました。今度は私が恩を返す番です。おりんさんを会津の地に戻してやりたい。あの世で身内の人々と逢わせてあげたい」

住職はおばさんの言葉が途切れたところで、口を挟んだ。

「わしもそれが一番叶っていると思う。天寧寺と申したな、早速書状を送ることにしよう」

おりんの火葬は午後に行われることになった。

「あんちゃん。火葬を済ませて、白河へ帰るのは明日にしなさい。お母さんには連絡してあげる」

直彦もそうしたいと思っていたに違いない。おばさんの瞳を見てぴょこんと頭を下げた。

火葬場には直彦とおばさん、店の手伝いが二人、他には誰もいない。住職の読経の声が場違いと思われるほど大きく響き渡っている。間もなく焼場の男が台車を運んできた。

直彦は変わり果てたおりんの骨を見詰めている。男は慣れた口調で骨の部位について解説を始めた。

傍らでおばさんが、「そうかね……」を繰り返しながら男の話に聞き入っている。

「故人は肩・腕の骨がしっかりしている。まるで男のようですな」

「分かるかい。若い頃は薙刀の名人でね。師範代をつとめたことがある。下手な男は手も足も出なかった……」

直彦には骨に纏わる話など全く関心がない。遺骨を丹念に拾い上げては、骨壺の中に運んでいた。顔面から汗が骨の上に流れ落ちる。――ジュウ、ジュウ――直彦は自分だけの世界に没入して、細かい骨まで拾い続けて止めようとしない。

おりんの遺骨は今朝ほど用意された机の上に安置された。

おばさんは線香を灯すと、しばらくの間瞑想に耽る。

「今日は一日ご苦労さまでした。あんちゃんも疲れたでしょ、早く休むがいい」

おばさんが腰を上げた後、線香の煙が紐のように天井まで伸びていた。

直彦は独りになってからずっと、遺骨の箱を見詰めている。部屋の隅っこには、話が通じない黒猫が大きなあくびをしていた。

――誰もいなくなった――無性におりんと会いたくなる。気持ちが騒つくと自分では止められない。遺骨の箱を開けると顔面に暖い空気が触れたような気がした。その途端、手の方が勝手に動き出して骨壺を開けてしまう。躊躇《ためら》うことなく骨をつまみ取る。と、何を感じとったのか後ろを振り返った。その視界には、ギラギラ光った二つの点が宙に浮かんで見える。

「クロ丸か、こっちへこい。おりんはここにいる」

しかし、返事がないまま、光りが消えてもとの暗闇に。

直彦は手にした骨が無性に食べたくなる。口に入れると、シャリと軽い音がした。

――ギャーッ――

クロ丸の悲鳴のようにも聞こえた。会津若松で一緒に暮らしていた頃、おりんが直彦を膝の上に抱っこする度に、クロ丸は焼き餅をやいて拗ねた。おりんが膝に乗せてやると安心して目を細くする。

直彦がおりんを独り占めしているのを目撃して、嫉妬の叫び声を上げたというのか。

「クロ丸、おまえも食べてみろ……」

しかし、反応はない。

部屋の片隅には話が通じない黒猫が、何事もなかったように蹲まっている。

――ボワーッ、ボワーッ――

東北本線、郡山駅。汽車の気配がしじまを破って迫ってくる。夜がふけてしまった。

直彦は急いで、骨の欠片をポケットに忍びこませる。

郡山の朝は暗い。今にも雨が降り出しそうな気配である。

おばさんが、白河へ帰る直彦に連れ添って、駅まで送ってくれた。別れ際におばさんが言う。

「おりんさんのことは早く忘れて、お母さんと幸せにね……」

それは慰めの言葉に違いないが、直彦にとって、おりんは母親であり、すでに胸の中で同居していた。声をかければ何時でも言葉が返ってくる。


汽車が郡山駅を出発すると、間もなくガラス窓に雨粒が当たりだした。目を遣るとガラスの面を雨が一筋二筋ミミズのように這いながら消えていく。

直彦はミミズ雨が現れては消えていくさまを眺めながら、ふと感じたことがある。

〈おりんもミミズ雨の儚さを見ているに違いない〉

しかし、直彦の中ではおりんの記憶がミミズ雨のように消え去ることはない。と、自分に言い聞かせた。


「お兄ちゃん。どこか具合でも悪いのかい……」

気がつくと目の前の席に、見知らぬ小父さんが座っている。

「……」

「何だか思い詰めているようだが」

「……」

「わしは若い頃、家出したことがある。何か、世の中すべてが空しくなってさ。ある時中年の男と出会った。男は箒の行商をやっていて、わしに手伝ってくれと言いだした。実はわしを保護してくれたんだ。わしは人の情けで目が覚めた。そして今がある」

「……」

「これから、どこさ行く……」

「白河だ。駅で母さんが待っている」

「何？　そうか、そりゃいがった。いがったな。ガンバレよ」

汽車の速度が急に遅くなった。

――矢吹、矢吹――

駅員のアナウンスを聞きながら、小父さんはゆっくり立ち上がった。

「いがった。たっしゃでな……」

直彦は立ち上がって姿勢を正すと一礼。

「サヨウナラ……」

を言った。

気がつくと、窓ガラスを這うミミズ雨が消えている。外の景色が明るくなってきた。もう白河は近い。

直彦はおばさんが持たせてくれた弁当に手を伸ばす。風呂敷包みを解くと、二段重ねの折詰が出てきた。上段の蓋を開けると、のり弁で中央に梅干が一つ目立っている。下段の器にはおかずが行儀よく並べられていた。卵焼き・里芋の煮付け・塩引きの焼きもの・沢庵など箱一杯に広がって、模様のように見える。直彦は大好きな卵焼きをつまもうとしたが手を止めた。おばさんが言った言葉を思い出したからである。

「お母さんはね、白河駅の待合室で待ってるから……」

――そうだ。弁当はお母さんと一緒に食べよう――

直彦はそう決めると、いそいそと折詰を風呂敷に包み直した。

――ピュワーッ　ピュワーッ、ピュワーッ――

直彦の高揚した気分を表すように、汽笛がこだました。

かたびら

おりんが亡くなって初めて迎えるお盆である。左門は直彦の塞ぎ込んだ様子が気になって仕方がない。何かいい気晴らしはないか、そこで頭に浮かんだのが浅川の花火である。浅川は竜ヶ里の東隣、子供の足でも造作無く行き来ができた。その浅川だが、左門にとって忘れられない因縁がある。それを辿ると慶応四年の戊辰戦争まで遡らなければならない。

会津藩は薩摩・長州との戦争が避けられないと覚悟して近代戦に対応する兵制の改革を急遽行うことになる。

兵役は十六歳から十七歳の白虎隊が一番若く、十八歳から三十五歳の朱雀隊。三十六歳から四十九歳が青龍隊。五十歳以上が玄武隊と四部隊に編成された。更に部隊の内部は身分別に士中・寄合・足軽の階層に分けられている。

当時左門は十四歳、兵役の義務がない。父の民弥は青龍隊に所属、白河口防衛のため出陣することが決まった。その時、左門は父と一緒に従軍を志願したいと言い出す。

民弥は困惑するが、左門の意志は固い。

「それには申し合わせがある。お前はまだ兵士ではない。戦闘には一切加わらないと、約束できるか……」

「誓います」

民弥は白河への出征を前に、一振りの刀を左門の前に差し出した。

「門出の祝いだ。この刀の作り手は固山宗次といってな、陸奥白河の出身だ。その刀を帯びて白河口へ、それも何かの縁であろう……」

左門は即座に父の形見に違いないと直感する。膝を正して両手で受けた。

「身に余る名刀の贈り物、左門、生涯の宝といたします」


会津藩は何故他藩の領地である白河へ、真っ先に兵を送り出すことになったのか。それは薩摩・長州軍が北への侵攻を企てた場合、奥州の玄関口である白河を通過しない訳にはいかない。軍事的に重要な拠点である。

更に白河城主阿部正外は徳川家の家臣であったが、外交問題が原因で幕府老中を罷免され、慶応三年隣藩の棚倉藩に転封所替えとなっていた。会津藩は自国防衛のために白河城を確保して、薩長軍の侵入を防ごうと考えたのであろう。

その頃、奥羽諸藩にも動きがあって、攻守同盟が結成され、仙台藩が盟主となって二十五藩が団結、奥羽列藩同盟を成立させた。

更に越後六藩を加え奥羽越列藩同盟へと拡大する。

薩摩・長州側は西の連合軍を結成、国が真っ二つに割れて戦争へと突入していく。薩長両藩は会津藩を朝敵賊軍と決めつけているが、孝明天皇の信頼が厚かった会津藩主松平容保が朝敵と呼ばれる謂れはない。薩長が維新の革命を成功させるためには、会津藩を朝敵に捏《でっ》ち上げて自らは天皇の軍隊でなければならない。それが会津を根こそぎ滅ぼすための必須の条件である。

こうして会津藩は運命の白河口戦争を迎えることになった。

慶応四年（一八六八）五月一日。

雨期を迎えた夜明けの空はどんより模様である。

東軍の兵員数は会津藩が一千余、仙台藩一千余、二本松、棚倉藩などを合わせて東の同盟軍は二千五百名を超えた。

西軍は薩摩・長州に大垣・忍藩などを加え七百名。東軍は西軍の三倍を上回る兵員数で、東軍の優勢は誰もが認めるところである。ところが会津藩の戦死者三百余名。東軍全体では六百八十三名と記録され大敗北となった。対する西軍の戦死者が十名。負傷者三十八名と、信じられない記録が残されている。

西軍勝利の要因は東軍よりも近代戦に長けていたと認めざるをえない。

薩摩藩は薩英戦争でイギリスと対決、近代戦争の変革を体験していた。

長州藩は幕府の長州征伐を一次・二次と戦って、銃砲戦の経験が豊富であった。

薩長両藩は近代戦の武器が刀槍ではなく、銃砲であることを骨の髄まで知らされている。銃砲を駆使した戦略と戦術に通じない者に勝利はない。

会津藩は近代戦を知らない訳ではない。藩を挙げて銃砲の準備をしている。しかし、如何にも旧式であった。鉄砲は和銃とゲーベル銃・ヤーゲル銃が大半で、和銃は火縄式、雨天の際は使いものにならない。ゲーベル・ヤーゲル銃は筒先から弾丸を込める先込め式で、とにかく発射するまでの手間がかかる。

薩長軍は新式のスナイドル銃、ミニエー銃など元込めのライフル銃を装備していた。当然のことではあるが新式銃は高価で会津藩には手が出ない。とにかく会津軍が一発撃つ間に、薩長軍は十発撃つことができたと噂された。

東軍は刀槍戦から抜け出せないまま、白河口戦争を迎えたことになる。東西両軍の会戦で、武器の優劣が勝敗を左右したことは紛れもない事実であるが、早朝から開始された戦いが昼頃には東軍の敗退が決定的で、白河小峰城は陥落した。敗戦の理由は分かるが、この脆さはどこから生じたのであろうか。

――武士の本懐は殿を守り抜いて死ぬ――それを名誉と考えた。禄を食んで生きてきた武家の生き様である。不運なことに白河城には城主の殿がいない。

殿不在の城を守る気持ちに変化があったのでは……。この戦場を武士の死に場所と考える意識が薄らいでいたのでは……。

それが白河口戦争敗退のもう一つの要因になったのではないだろうか。

一方、棚倉藩の別働隊で、「十六ささげ隊」という家臣団が出現する。ささげは豆科で、細長い莢の中に十六から十八の豆粒が並んでいる。――同志の連帯で白河口防衛に生命を捧げたい――という想いか。

隊長安部内膳は先祖伝来の甲冑を身につけ弓・刀槍で闘った。地元白河の地理に精通した「十六ささげ隊」は、西軍が侵攻してくる林間部に待ち伏せして、突如弓矢を放つ。

西軍は予想もしなかった展開に大混乱に陥る。このゲリラ攻撃は西軍を大いに苦しめたという。

近代戦は銃砲が十分に駆使できないゲリラ戦に弱かった。

左門が父民弥と白河口防衛で守備についた所は棚倉口合戦坂近くである。まだ明けきらない時、凄まじい砲音を耳にする。西軍の攻撃である。着弾が近くなると会津軍は一変して騒然となる。至近弾が隊内で破裂すると、父民弥が興奮した声で左門に命令した。

「直ちに会津へ帰れ！ ぐずぐずするな」

左門は父の形見、固山宗次の銘刀をしっかりと腰に収めた。

「この先、谷津田川がある。そこを渡れば次は阿武隈川だ。急げ!!」

「父上……」

左門は走りながらもう一言、〝ご無事で〟とつけ加えたかった。

左門が走る背後から砲音と銃声が追いかけてくる。目の前に父が言った谷津田川が見えてきた。しかし橋が見当たらない。濡れるのを覚悟して川を渡ることにした。ところが土手が深く思わぬ時間を費やすことになる。ようやく阿武隈川が見える所へ差しかかると、一見して負傷兵と分かる集団と出会った。会津藩士である。全員が手足に包帯を巻いていた。

左門はこの時初めて会津軍の敗北を聞かされた。

「そうか、一瀬殿の子息左門とな……。十四歳で志願、孝行息子だ。何？ 棚倉口の守備隊にいたと……」

棚倉口と聞いた兵士達は急に口を噤んでしまう。

左門が行動を共にすることになった兵士達の所属は、会津藩の若手で組織された精鋭の朱雀隊である。

「俺は門奈だ。白河口の中央守備隊にいたが、砲撃戦で一気に押しまくられた。棚倉口も激戦で総崩れと聞いた」

左門は父を案じて黙り込んでしまう。

「心配するな、一瀬殿は無事に違いない」

負傷者の一行は二十名ほどで、東の方角を目指して黙々と歩いている。門奈は肩口をやられたらしく、時々顔をゆがめる。左門が手を貸すと、その時だけは作り笑いを見せた。到着した所は釜ノ子で、会津軍の前線基地である。

「隊員が揃い次第白河城を奪還する」

門奈はいかにも悔しそうにつぶやいた。

「門奈殿、左門にも従軍させてくだせい」

「いや駄目だ。父上との約束を守れ。それよりもここでは手伝ってもらいたい仕事が山ほどある」

たしかに軍夫は不足していた。負傷者の看護だけでも手が回らない。

大敗した東軍が再び兵を整えるまでには時間がかかった。

白河城奪回戦が本格的に開始されたのは五月も末である。

仙台・会津・二本松・棚倉の藩兵が釜ノ子に集結、白河城奪回を目指して石川道から攻撃を仕掛ける。

門奈もこの出撃に加わった。西軍は白河城内に籠って防戦に耐える。途中雨が降り出して旧式銃は使いものにならない。そこで両軍の戦は中止となる。

左門は門奈が帰還したのを見て駆け寄った。

「雨のせいで戦は思うようにいかなかった。ついてねえなあー」

左門は父民弥の情報が聞けるかもと期待していたが、門奈が肩に手をやり傷の痛みを気にした様子を見て、黙り込んでしまう。

六月に入ると白河城奪回戦は小競り合いを入れると毎日のように繰り返された。

その日は会津藩遊撃隊遠山隊長が、白河口愛宕山方面から出撃、戦死している。
この戦いに門奈が志願、遠山隊長と共に戦ったが再び帰還することはなかった。

西軍にはこの頃から援軍の精鋭部隊が続々と到着、今まで受身だった守りから一気に攻勢へと転換する。

目標は棚倉城攻略である。西軍薩・長・土・大垣・忍の部隊八百名が、白河から二三キロ東南の棚倉城を攻撃した。六月二十四日、迎え撃つ東軍仙台・会津・二本松・相馬・棚倉はすでに戦意を失っている。

度重なる白河城奪回戦はことごとく失敗。同盟軍の本音は他藩の面倒をみる気力があやふやになっていた。

棚倉藩は自ら城に火を掛け、釜ノ子方面に撤退している。

西軍は勢いに乗って翌二十五日、棚倉北々西八キロ先の釜ノ子を攻撃、釜ノ子陣屋を焼き払った。

左門は釜ノ子で負傷兵の手当てをしたり雑用に追われていたが、西軍が釜ノ子攻撃を仕掛ける前からその情報が入っていた。負傷兵数人を伴い隣村の浅川に避難することになる。

浅川はかつて越後高田藩の分領で浅川に在った陣屋が釜ノ子に移されたという縁がある。戊辰戦争の際、釜ノ子は会津藩に多額の軍資金を拠出、派兵の協力もあった。釜ノ子が西軍の手に落ち、会津藩は重要な前線基地を失うことになる。

左門一行が目指す浅川は、釜ノ子と浅川の中間に位置する村落、竜ヶ里を通過することになる。

当時は車などない。しかも同伴者は負傷兵であった。左門は竜ヶ里で一休みしたいと思う。その時、偶然ではあるが河ノ屋の江花宗兵衛と出会うことになる。

宗兵衛は河ノ屋の跡取りで当時は十三歳、左門よりも年下で、難儀そうな左門と目を合わせた瞬間力添えがしたくなった。一行を持て成し左門と心を許し合う仲になる。

浅川の夏は暑い。左門は農家を借りて、負傷兵の世話に明け暮れる。傷が悪化して蛆が湧いた者。汗まみれで異臭を放ちながら死んだ者もいる。

その頃、東軍は棚倉の奪回を狙っていた。一方、西軍の動きは明らかに浅川へ向けられている。西軍は棚倉の外郭陣地を浅川に設け、土佐・彦根の兵が警備に当たっていた。

その日は東軍の仙台・会津・二本松・三春・棚倉が、浅川東北側に聳え立つ城山（標高四〇七メートル）に大砲を引き上げ砲撃を開始した。

西軍守備隊の土佐・彦根は忽ち苦戦に陥る。

その頃、左門は負傷兵を伴い城山の会津軍陣地を目指していた。負傷兵は一人減り二人減り、回復した者は僅か三人であった。

左門は城山から東軍が発射する砲音を聴きながら心が弾む思いである。

会津藩の陣地には、白河口戦争で左門が出会った負傷兵、朱雀隊の分隊長が待っていた。

「おーう。久し振りだな……」

隊員達は抱き合うように寄り添って喜びあった。

――ダダーン――

突然、至近距離に敵弾が炸裂する。一同は色めき立った。

西軍の応援隊薩摩・黒羽が、守備隊土佐・彦根の陣地に駆けつけ、東軍に向かって砲撃を開始したのである。

戦況は一転して東軍が窮地に立たされた。――三春藩が寝返った――というのである。

東軍の間では、三春藩が西軍の攻撃に抵抗を示さなかったと噂になった。東軍同盟の破綻と見るべきか……。

朱雀隊の分隊長が怒鳴り声を上げた。

「左門どの、一刻も早くここを去れ！　父上との誓いを忘れるな‼」

左門は俄に吼えだした西軍の砲撃に、追い立てられるように走り出す。背後から――撤退、撤退――という切羽詰まった叫び声が耳に入った。

道のない山坂をあせりあせり降りていくと、前方に十数人の兵士が守備についていた。隊長らしい年輩の男が砲音の方角に向かって、心配顔で見張っている。あわてて山を降りて来た左門を見て、尋常ではないと察したらしい。

「戦況は？」

「たった今、撤退が決まりました。貴藩は？」

「会津藩マタギ鉄砲隊。貴殿は？」

「会津藩、一瀬左門……」

「左門殿、恩に着ます。おかげでこれからどうすべきか、決めることができました」

マタギの隊長が、――安全な所へ案内する――と言ったが、左門はそれを断って走り出す。

それから間もなくである。左足を叩かれたような強烈な痛みを感じてその場に蹲る。

流れ弾が、脹《ふく》ら脛《はぎ》を貫通したらしい。出血が激しいので手拭できつく縛りつけた。

この足で集合場所へ向かうのは不可能と判断する。

その時、左門の頭の中に浮かんだ所がある。かつて釜ノ子陣屋から浅川へ避難する途中、世話になった竜ヶ里の河ノ屋である。

竜ヶ里なら這ってでも行ける。何よりも河ノ屋の若主人江花宗兵衛にもう一度会いたいと思った。

左門は足を引き摺りながら竜ヶ里を目指す。

河ノ屋の手厚い看護で、左門は生き返った。以来、左門にとって河ノ屋は生命の恩人になる。

時が経って、左門が河ノ屋で奉公することになった経緯は、生命を助けられた恩を忘れなかったからである。

しかし、左門と宗兵衛の関係について、二人は口を閉ざして語らない。何故だろうか。

戊辰戦争で会津藩は敗北、賊軍の汚名を着せられ解体となった。

河ノ屋が賊軍を庇ったことが明らかになれば、宗兵衛に迷惑が及ぶに違いない。それが、この事件が誰の口からも語られなかった理由ではないだろうか。

浅川の花火は盂蘭盆の十六日と決まっている。大胆で華麗な打ち上げが評判で、当日は近郷近在の人々でごった返す。まごまごしていると花火を見るのにいい場所がなくなってしまう。

左門は浅川に土地勘があるばかりか、毎年通い続ける花火通で、見物にいい場所を知っていた。

山坂道を真っ直ぐ登って行くと一軒の農家が見えてくる。

「ご無沙汰いたしやした。ヒコ、おじいさんに挨拶しろ」

「直彦です。お世話になります」

この家の主であろう。大切な客人を迎えるように丁寧である。

「左門さまの孫さんで?」

「いや、いや」と左門は笑いながら受け流す。

その農家には、花火を見るのに都合がいい縁側があった。すでに座蒲団からお茶まで整えてある。

「何もないけど、トマト冷やして待っていやした」

「いつもの気遣い冥利に尽きます」

「こちらこそ、左門さまからいただくザルやカゴ、何時も重宝していやす」

左門と農家の主が知り合った経緯は定かでないが、主は左門にピッタリ寄り添っていた。


〈ドドーン〉

おなかにズシッと響く一番花火が打ち上がる。

「きた、きた……」

左門はどういう訳か姿勢を改める。

花火が間断なく夜空を染め始めると、両手を合わせて瞑想にふける。戊辰戦争の死者を弔う鎮魂の祈りだという。

傍らの主人は左門の胸中が読めるのか、その場から黙って席を外してしまう。

直彦は想像を超える音響の大きさにびっくりしたり、花の傘が夜空に開くのを見て、おろおろしている。

「花火をじかに見るのは初めてだったな、ヒコ。怖いか……」

「最初はぶったまげたげんども今は平気だ。次上がるのが待ち遠しい」

「いがったな。花火は死んだ人への供養だ」

直彦はこの時、ようやく両手を合わせる左門の心が読めたように思えた。

〈ドーン〉

一際、大輪の花が咲いた。直彦は思わず両手を合わせる。

〈おりん、見たか〉胸の中のおりんに声をかける。

〈見えた、見えたよ。でっけい花火だなや。ヒコのおかげだ……〉

左門の目には直彦の顔が、久し振りに晴れ晴れと映って見える。


「ひゃーっ」

突然、主人の悲鳴が飛び込んできた。

左門は咄嗟に反応する。

「ヒコ、行くぞ。じいから離れるな」

そう言いながらもう走り出していた。

「火事だ‼」

主人の叫び声が馬小屋の方から聞こえてくる。

左門は火が爆ぜる藁屋根を見上げた。その瞬間、花火の燃え残りが落下したな、と感じとった。

馬が火の粉を見たら狂ったように暴れだすに違いない。助け出すのは今だ、やがて手に負えなくなる。

「ご主人。先ず馬を放そう」

「左門さま、馬は死んでもいい。火消しが先だべ……」

「いや、火を見て狂った馬は何を仕出かすか分かんねえ。見物客に飛び込んで蹴散らすこともある。怪我人がでたら大変だ」

馬は異常を感じとったのか、前足を高く上げ、ヒーッと叫び声を上げた。

「左門さまの言う通りだ」

「ご主人。わしが合図したら、馬を追い出してくだせい」

放された馬の逃げ場は家の前の一本道しかない。

左門はその道路上、二〇メートルほど先で足を止めると振り返った。

「ご主人、今だ。馬を追い出してくだせい」

その時、屋根から馬小屋の前に火が降り落ちた。それを見た馬は興奮して狂ったように跳び出す。

「ヒコ、じいから離れていろ……」

と言ったあと、低い声で〈なむじゃらじゃん〉とつぶやいた。一切放下であろうか。

直彦は緊張に震えながら左門の一部始終を見ている。

荒れ狂った馬が坂道を一気に駆け降りてきた。その時左門が馬の首根っこに飛びついた。

驚いた馬は振り落とそうと、前足を中空に浮かせる。

左門は首回りに両手を巻きつけたまま、振子のように体を捻って馬の背に跨がった。

直彦の脳裡には左門が泥棒と対決した場面が映し出された。あの時は太刀捌きが目にも留まらない速さで、狐につままれる思いがした。今は、神技のような身のこなしに呆然と立ち尽くしている。

左門が馬の首回りを撫でながら坂道を戻ってきた。

狂った筈の馬はすっかり左門に慣れている。

「ヒコ、心配かけたな……」

「……」

花火客がどっと集まって、火はあっという間に消し止められ、火事はぼやで済んだ。


山裾の土手に馬頭観音の祠があって、傍らには里の人が百年桜と呼ぶ古木が立っている。

直彦と左門は薪の束を背負って裏山から降りてきた。

「ヒコ、この辺で一休みだ」

左門の呼吸が荒い。このところ急に体力の衰えを見せている。

「花の盛りはそろそろ終わりだな」

百年桜の花びらが頻りに舞を見せていた。

「ヒコ、汗を拭け、放っておくと体に悪い」

左門は直彦に手拭を渡しながら、自分は上半身裸になる。筋肉質の腕や胸が今は見る影もなく痩せこけていた。

直彦にはその姿が痛々しく直に見るのがつらいようだ。

花は音もなく散り続く。そして雪のように二人の裸に降り積もった。

「白いシャツ着たみたいだべ」

「んだな。ヒコとじいの花かたびらだ」

花は左門の眉毛にも纏わりつく。左門はそれを払い除けるでもなく、思いに耽っていた。

「サムライの最期はな、〝花のように散れ〟と教えられて育った。この世に未練を残すな、と。じいはそれがかなわなかった」

そう言いながら大きく溜息をつく。

白河口の戦場で、左門は父民弥と別れて逃げ帰った。会津若松に帰ってから分かったことだが、民弥は左門が去って行く後ろ姿を見届けると、敵の中に突入して果てたという。

「じいは花のように散りたかった」

直彦は気になって、思わず左門の顔に目を向ける。

左門は泣いているようにも見えたが、涙は一粒も流れていない。すでに枯れ果ててしまったのだろうか……。

左門の悲しみの深さが、直彦の中に沁み込むように刻まれた。

「ところでヒコ。おりんさんが亡くなったあと、郡山から会津若松へ帰ったと聞いたが……」

「そういうことになっている。ところが……」

「なんだ」

「じいにはいつか話したいと思っていた。実はヒコの胸の中で今も生きている……」

「……」

「おりんが死ぬ間際、ヒコの胸の中に入りたいと言い出した。ヒコの胸の中で一緒に生きて行きたいと……」

「……」

「あれから、おりんはヒコの胸の中にいる」

「いい話だ。おりんさんがうらやましい。じいは死んでも会津若松には帰らない。いや、帰れないのだ……」

「じい。心配するな。ヒコの胸の中に住めばいい……」

「このじいが、ヒコの胸の中で……」

「そうだ。にぎやかになって、おりんも喜ぶに違いねえ」

「流れ者には勿体ないが、ヒコのお蔭で、じいにも終の栖ができた。こうなったらいつ死んでも悔いはねえ」

ひっきりなしに花が舞う。直彦と左門はいつの間にか肩を寄せあって、花かたびらが一つになった。

なむじゃら

隠居所の傍らには欅の大木が立っている。日除けにはいいが、鳴き声を競い合う蝉どもの住み処にもなった。

「じい。ガチャガチャ、ゴロゴロうるさくねえか」

「毎日のことだ。もうなんともねえ」

左門は近頃、目まいがするといって、横になっている日が多い。

「じいさんは、食べたがらねえから、弱るばっかりだ」

「ばあさんの言うとおりだ。食べて力つけろ」

皆が左門の体を気遣っている。


「あら、志津さんが来てくれたよ」

志津は片方の手に鍋、もう一方の手に重箱を持っている。

井戸水で冷やした素麺とお重の中にはやわらかく煮込んだ身欠き鰊、昆布の煮付けが詰め合わせてある。

「こんなご馳走見たことねえ。じいさんの好きなものばっかりだべ」

「志津さん。すまねえなあ。最近は仕事も碌にできねえ。皆さんに迷惑かけちゃって……」

「とんでもない。じいさんの人柄にほれ込んだ小作人が、みんないい人でね、仕事の方は何一つ不足はありませんよ、安心して早く元気になって……」

「志津さんの言葉、あったけいなー」

「母さん。あれ、美代ちゃんでねえの……」

「美代ちゃん。よかったよかった。皆の思いが一つになったのよ」

「美代も来てくれたのか、皆で氷水を囲んだあの日の顔が揃った訳だ。今日はいい日だ」

美代は左門へのお見舞いを、と言っておふさに風呂敷包みを手渡す。

「わざわざ、ありがとね……」

おふさはそう言いながら早速開けてみる。中には竹皮の包みものが入っていた。竹皮の中にはワラビやゼンマイ、フキノトウなど山菜づくしの料理である。

「あら、タラノ芽の古漬。じいさんが大好きなご馳走だ」

左門はマタギの食べ物が好きである。特に山菜の古漬が珍味だという。

「美代ちゃん。今日はそうめんがあるから食べてって……」

「ヒコ、山菜の漬物、つまんでみろ。里にはない味だ」

左門に奨められるまま、直彦はタラノ芽の古漬をつまんで口に運ぶ。

「……」

苦くて、渋くて、異臭がある。独特のくせ味に反応が顔に出た。

美代はしきりに直彦の顔色をうかがっている。

「ヒコちゃん。無理しなくたっていいの。まずいと顔が言っている」

直彦のあわてぶりに、左門とおふさ、志津も顔を崩している。

「美代ちゃんは優しいねえ、大人になったらいいお嫁さんになるよ」

志津の声に美代の顔がさっと赤らむ。

直彦の目にはそれがいとおしく見えた。

美代が〈さよなら〉を言った時、直彦は忘れられない残り香を嗅ぐ。その匂いは甘く優しい心地好さがあった。


鰍沢の河水は竜ヶ里の田圃を縫うように流れている。水の色が一段と澄みきって、季節の移ろいを訴えていた。

〈陽気が変われば元気が戻る〉その期待を裏切って左門は寝込んでしまう。

志津は食べ物を届けるのが日課になった。おふさは左門が食べ残したのを見て、勿体ないと志津に詫びている。

「じい。何か精がつくもの食べないか」

「ヒコにまで心配かけて、すまねえ。なさけねえ」

「雑魚汁なんかどうだい……」

「雑魚汁か。うまかったなぁー。だげんど今はもう魚を捕る元気がねえ」

雑魚汁は川魚と野菜を味噌で煮込んだ汁ものである。

「じい、心配するな。ヒコが捕ってくる」

直彦は手網を抱えて河原の広場へ入っていく。

ススキが頻りに頬に当たる。その風情を左門に伝えたくて、ススキを一本手折った。

浅瀬を選んで水中を覗くと、水藻の間を往き来する雑魚の様子が見える。網を入れると小魚は造作なく網にかかった。ところが水が冷たくて我慢できなくなる。入っては上がりを繰り返して、ようやくフナ・カワエビ・ドジョウ・カジカなどが捕れた。

おふさは鍋と野菜を用意して直彦の帰りを待っている。雑魚は竹串に刺して囲炉裏でさっと焼く。

おふさは青菜の他に、左門が好きな里芋を入れた。野菜の味噌汁に焼き上がった雑魚を入れて煮込むと出来上がりだ。

左門は一口、汁を含むと急に燥《はしゃ》いで見せた。

「冥土で自慢ができるわ」

「おおげさだなあー」

おふさは独り目頭を押さえる。

その日は底冷えを堪える一日となった。左門は寝込むようになってから、自力で厠へ行くこともままならない。いちいちおふさの手を借りなければ、用がたせない自分に我慢ができなくなっている。左門がひそかに恐れていることは、自分の力では死ねなくなる事態に陥ること。己の死は己で決着をつけたい。枕元にはこの日を予期して、父民弥の形見陸奥白河の刀工固山宗次の銘刀を用意してある。

白河口の戦争では父の意志に逆らっても武士の道を全うすべきであった。今は父への詫び心を籠めて遺刀を自らの腹に納める時が来たと思っている。

おふさは襖を隔てて左門の様子を伺っていた。〈じいさんはサムライだ。最期はじいさんの意のままに叶えさせてやりたい〉

「ばあさんや……」

穏やかな声である。襖を開けると、目に入った左門のありようは見慣れない姿であった。布団を覆うように大きな油紙を広げ、その上に上半身裸で正座している。刀はすでに鞘を払い、手拭で巻かれた刀身が左門の手に握られていた。

「永い間、世話をかけた。この辺でかたをつけたいと思う」

「わしが止めても、そうならねえことは分かってやす」

この時、おふさは首尾よくあの世へ行けるよう介添えしようと決めた。

左門の手元が動く。両手で持ち上げた刀身を左脇腹に突き刺す。左から右へ腹を掻き斬ろうとするが動かない。左門は大きく息を吸い込むと、最後の力を振りしぼった。

「ばあさんや、刀の柄を引っぱってくれ……」

おふさは言われるままに、柄を握ると力一杯手前に引き寄せた。刀身が滑べるように移動すると、左門はお辞儀をするように静かに前のめりになる。

夥しい血が油紙の上に溢れて血溜りを作った。


里の朝は、まだしじまの中にある。しかし、河ノ屋だけは騒ついていた。主人の宗兵衛は左門の死にようを目撃して狼狽える。事件でないことは分かっているが、念のため駐在の秋月巡査に立ち会ってもらうことにした。

おふさは左門が裸のままでは寒かろうと着物を掛けた。

秋月巡査はハァハァ息を弾ませながら駆けつける。

「念のため」

直彦はこの時、初めて左門の腹部を念入りに見ることになる。

痩せ細った腹部は一文字に割れていた。秋月は丁寧に着物を直すと頭を深々と下げる。

「日頃から剣術の師匠と尊敬して参りやした。見事な切腹。義に生きた会津武士にふさわしい最期でございやす」

直彦の中では、我慢でふくらんだ袋が一気に破裂した。

「じい……。もう一度——なむじゃらじゃん——と言ってみろ。目を覚ませ」

悲痛な叫び声に、誰もが黙り込んでしまう。

「おら、サムライはやだ。サムライだけはなりたくねえ」

駄々をこねるように体を震わせて泣き出した。

「ヒコの言う通りだ。サムライにはなんねえほうがいい……」

そう言うおふさの声も泣いている。


喪主は江花宗兵衛が務めることになった。裏方は志津の役目で、婦人会や青年団の若衆と打ち合わせが始まる。

弔問客の数は予想を超えるほど多い。が、大半は左門と面識がない。喪主の宗兵衛に義理がある者ばかりである。

隠居所は手狭で来客が座る場所にも事欠くほどで、遺体を母屋へ移してはどうかという話になった。

「おらにも狭すぎることは分かっている。だげんど、じいさんにとってここが我が家だ。せめて納棺は……」

志津にはおふさの気持ちが痛いほど分かる。

「ばあさんの言う通りだ」

通夜は隠居で、葬儀は母屋と決まった。

「この日のために死装束は用意してある」

おふさはほっとしたように独り言をもらす。

隠居所には青年団の中から玄次と尚人が残ることになった。二人は左門から剣術を学んだ師弟の間柄である。

と、その時、見慣れない白髪の爺さんが名告り出た。

「わしも通夜の仲間に入れて下せい。申し遅れやしたがマタギを代表して参りやした。左門殿はわしら一族の命の恩人でして……」

マタギを名乗る老人とは、おふさも志津も全く面識がない。そこで宗兵衛が応じることになった。

「それはそれは義理堅いことで、どうぞご一緒に……」

「ご主人、有り難うごぜいやす」

宗兵衛は左門とマタギの関係を知っているようにも見えたが、二人の会話はそれ以上交わされることはなかった。

親しい面々が左門の周りに集まると、あの世へ旅立つ身支度が始まる。痩せ細った腹部には晒しの帯が巻いてある。

玄次も尚人もそれに気づきながら、一言も触れようとしない。すでに切腹死であることを漏れ聞いているに違いない。

玄次が左門の足に脚半をつけようとしたが、驚いて手を引っ込める。

「こりゃひどい……」

脹ら脛にある古傷を見つけたらしい。

「刀疵ではねえな」

尚人も初めてお目にかかる傷に目を凝らす。

マタギの老人がそれに気がついたらしい。

「こりゃー、鉄砲玉の傷だ。貫通しとる。重傷だったに違い無がんす」

宗兵衛は側に立って、その遣り取りを眺めながら無言のまま目を逸らす。

マタギの老人が何か思いついたように、宗兵衛の顔に目を向ける。

「うむ、たしかに傷は重かった」

と、言ったきり浅川戦争には触れようとしない。

おふさは左門が切腹に使用した刀の血糊を丁寧に拭きとっている。

「刀はじいさんの命だべ、あの世まで持って行くがいい。棺桶に入れてくなんしょ」

玄次は突然刀を渡されて、どうしたものか自分では決めかねている。

その時、ずっと寡黙を守り通してきた宗兵衛が口を開く。

「ばあさんの気持ち、分からない訳ではない。が、この刀はそんじょそこらにあるものとは訳が違う。名高い刀だ。この世に残すことも左門殿の意に添うことになると思うが……」

「じいさんと刀、二つが一つになってこその命だ。刀がなければあの世にも行かれまい」

と、おふさはかたくなに言う。


左門が父の民弥から形見として受領した刀は、江戸後期から急速に注目を集めた刀匠、固山宗次の作である。

骨董に凝っていた宗兵衛は、固山宗次の出身地が陸奥白河であることを知って、郷里が近いことから誇りと、尊敬を寄せていた。

左門が浅川戦争で足を射貫かれ大怪我を負った際、河ノ屋に逃げ込み宗兵衛に助けられたことがある。その時、宗兵衛に刀を預けたのではないだろうか。後に流れ者になった左門が道中刀を持ち歩いたとは考えにくいからである。

宗兵衛は道楽者で田畑仕事には向いていない。書画骨董が好きで、なかでも刀剣の魅力に触れてからは、手入れと鑑賞が至福の時であった。心のときめきは刀の鞘を払う時から始まる。先ず刀身に塗られた古い油を紙で拭きとる。後は打ち粉でポンポンと叩く。その打ち粉を拭い去ると刀は生き返ったように光彩を放つ。宗兵衛は正座のまま刀を明かりに翳して刃文に目を遣る。そこに夕陽を浴びた湖面を見ている。小波が眩しく輝いて、光りの粒が浮かんで見えた。「沸《にえ》」である。

そして刃文の縁に「沸」よりも更に細かい霞のような「匂《におい》」を発見する。「沸」と「匂」それこそが刀の品格を語る文様である。

「沸」の魅力を輝く銀砂に譬えようが、鉄に咲いた花と言い表そうが、それは感じたままでいい。

「匂」の方は細かいだけに見つけにくい。その様は湖面に輝く光波の風雅を感じさせる。

「沸」と「匂」を刀の刃に現れる文様と言ってしまえばそれまでであるが、刀工が魂を打ち込んだ一本一本に現れる「沸」と「匂」こそ気品を語る表情に違いない。

河ノ屋の宗兵衛が刀の神秘的な魅力に酔い痴れている時、声をかける者はいない。決まって無視されるからである。

とにかく宗兵衛はおふさの気持ちに逆らっても、左門の刀を手に入れたいと思ったに違いない。

「値打ちもんだ。それなりの代価は考えている。わしに譲ってもらえまいか……」

おふさは宗兵衛に弱い。すっかり黙り込んでしまう。

玄次と尚人、マタギの老人も言葉を失っている。気まずい間が続いた。すると、おふさが思いついたように声を上げる。

「そうそう。この刀はじいさんが――父の形見だ――と言っていた。じいさんがわが子のように想っていたヒコに、受け取ってもらうのはどうだい……」

「名案だ。わしはこの刀がこの世に残れば、何も言うことはない」

「ヒコや、じさまの形見だ。この刀、受けてくれるかい……」

「……」

直彦は刀の行方が自分に向けられて、途方に暮れている。

風を受けて降り頻る雪。待っても待っても、止むことがない。いよいよ出棺の時がきた。

棺は桶型で、左門は膝を折るように屈んだ姿勢で座っている。

おふさは左門の顔を拝みながら数珠を揉む。

「寺坂には行きたくても、足がいうことききかねえ。ヒコよろしくな……」

「……」

棺は玄次と尚人、それに青年団の若衆が加わって担ぐことになった。

葬列は江花宗兵衛を始め、義理で加わった者、マタギの老人、傍らに美代など総勢二十人ほど。

おふさと志津は見送り役である。

葬列の先頭には小柄な男が立った。直彦である。人目を引いたのは腰に帯びた太刀で、マントの下から鞘がはみ出して見えた。

おふさは直彦の姿に会津武士を重ね見ている。深々と腰を折ると無言のまま両手を合わせた。その視線の先に直彦のマントが翻る。

左門は寺坂満願寺、河ノ屋先祖代々の墓地に埋葬されることになって、すでに墓穴は掘られていた。

一行が墓に着くと、寺僧が最後の読経を唱える。

玄次がそれとなく、直彦に左門との別れを促した。

「も一度じいの顔が見たい」

玄次は仮り止めしてある棺桶の蓋を開けた。

直彦は左門の顔を上の方から見詰めている。

「なむじゃらじゃん」

直彦がつぶやくように言いきった後、マントを払い除けた。腰帯に差し込んだ太刀を鞘ごと一気に抜きとる。

玄次は直彦の変化に気がついて目を見張る。

側の宗兵衛は明らかに狼狽えた。

直彦は手にした刀を左門の肩口から膝の方へ差し込んで、刀を抱き抱えられるように納め入れた。

宗兵衛は何か言いたげに見えたが、玄次もマタギの老人も誰もが無言で立ち尽くしている。

玄次が棺の蓋を閉めると、無言のままオニギリ大の石を直彦に手渡す。最後の留釘を打ち込むためである。

釘打ちの乾いた音が人々の胸に刻み込まれるように消えていく。

時が経った。左門を悼む里の声も、耳にすることが少なくなった。そんな或る日、信じ難い噂話が持ち上がる。

四十がらみの見知らぬ男が左門の墓前に現れて、事もあろうに墓を暴きだしたというのである。その時、男は人の気配に気づいたらしく手を止める。

傍らに老人が屈んでいた。

「この墓に何か用かな……」

「……」

「この墓の主はここにはいないよ。里に行くと言ったきり、未だに戻ってこない」

老人は真っ白い衣を纏って、杖を持っていた。

男は気味悪く感じたようだが、無視して手の方は墓を掘り続けている。やっと掘りきって棺の蓋を開けた。男が急いで中を覗き込む。すると何を見たのか呆然と立ち尽くす。

棺の中にある筈の遺体も刀も消え去って中は空っぽだった。男は咄嗟に逃げ出そうとする。

「目が覚めたか、盗人」

老人の突き出す杖が男の目の前でピタッと止まった。

盗人と見抜かれた男は逃げようにも足が震えて動けない。

「墓を元通りに戻せ」

厳しい口調に男は掘り起こした土を埋め戻すことになる。

「この度は見逃してやる。わしの前に二度と現れるな」

男は寺坂道を何度も転げながら逃げ去ったという。墓荒しが本当にあったかどうかは不明である。ともあれ左門の没後、名刀に再びお目にかかった、という話を耳にしたことはない。


河ノ屋の母屋と隠居の間道には植木棚がある。地上から棚の天辺を目指してよじ登った凌霄花《のうぜんかずら》が、赤味を帯びた花を咲かせていた。

直彦はそこで忘れてしまいたい姿を思い起こしてしまう。凌霄花の花が一列に並んで、それが左門の切腹と重なり合って見えた。この場から一刻も早く立ち去りたい。焦りながら隠居所へ急いだ。

「ヒコかい……いい時に来てくれた」

今年は左門の新盆である。仏壇の供え物など、おふさの手伝いをすることになった。ナスやキュウリに割箸を差し込むと動物に似たお供えができた。蓮の葉を広げて、おふさが供え物を盛りつける。仏壇の左右には河ノ屋宗兵衛から贈られた一対の盆提灯を配置した。

「ヒコ、提灯点けてみろ」

薄暗い仏壇周りが仄かに明るくなる。

「いいなー」

直彦はもう一つの提灯にも火を灯す。

「いやーたまげた。こんな立派な提灯、まるでお寺さまのようだべ……」

おふさは宗兵衛の御蔭で分不相応な大尽さまの新盆ができたと目を潤ませる。

直彦は仏壇の前に小猫が蹲っているのに気がついた。全身が真っ白で目が金色に光っている。

左門が亡くなった後、斑猫のしょうすけが家を出たっきり帰ってこない。

「ばあさん。見慣れねえ猫だげんども……」

「そうそう。しょうすけが家を出たあと、間もなくこの白が居着くようになって、じいさんの生まれかわりだべか」

直彦は返事を躊躇った。左門との約束で、自分の内に戻ってくると信じているからである。

「ところで、じいさん。迷わず家に戻れるかなあー」

「ばあさん。心配しなくていい。母さんがお迎えの燈籠づくりを頼んだから……」


母屋の庭先では、すでに玄次と尚人が釣灯籠造りの最中である。灯籠の柱は杉の若木で、先ず表面の皮を剥ぐ。白い木肌が現れると香りが一面に漂う。

「いい匂いだなや……」

おふさは作業中の玄次と尚人の労をねぎらい頭を下げた。

杉の木の天辺だけは枝葉をそのまま残す。それが飾りにも目印にもなっていた。

柱が完成したら次は蝋燭立である。先ず四角い木の枠を組み立て、枠の周りに和紙を貼って完成。と思ったら木の枠に屋根をつけ、その上、蝋燭に点火するための小窓を設けた。見事な細工である。

「あらまあ立派だこと。こんな灯籠お目にかかったことがねえ」

傍らで志津も喜んでいる。

「よがったね、ばあさん。この度は何から何まで、玄次と尚人に助けられた」

「まだ明るいげんども灯籠に火を入れてみっか……」

玄次は尚人を促しながら、すでに杉柱の先端に滑車で運び揚げてある灯籠を手元に引き降ろした。玄次は灯籠の窓を開けて蝋燭を灯す。

直彦は迎え火のために用意した粗朶に火を点けた。

おふさと志津の瞳に明かりが揺れ動いている。


直彦はおふさに一つだけ内緒にしてきたことがあった。生前、左門と約束した終の栖だ。〈ヒコの胸の中で生きる〉……そう言いながら左門は顔を崩して喜んだ。そのことをおふさの耳に入れるべきかどうか……。おふさが妬むかも知れないと思うと、直彦の中では答えがまとまらないまま時が過ぎてしまった。

――ドーン――　浅川の花火が盆の終わりを告げている。今宵は送り盆である。

「ヒコ、そろそろじいさんのお帰りだ」

直彦はそれには答えない。送り火が燃え尽きるのを見詰めながら〈じいはもうあの世には戻らない〉と言いたかった。

「無事、お見送りが終わっていいお盆だったね」

誰に言うともなく志津がつぶやいた。

直彦の心の中では不安が募っている。〈左門が約束を忘れてはいないだろうか〉〈それとも皆がいる間は遠慮しているのか〉直彦は急に独りになりたくなったらしい。

「火の始末はヒコがやる」

と言い出した。

「そうかい」

おふさと志津は、後はよろしくとばかりにその場から去ってしまう。

送り火が消えて、灯籠の明かりだけが中空に残された。

その時、意外な光景が直彦の目に飛び込んでくる。浅川花火の火事場騒ぎが再現されようとしていた。真っ暗闇から炎をかぶった奔馬が目前に迫ってくる。馬上には男がしがみつくように跨っていた。

〈じいだ〉左門は必死に馬を操りながら直彦の目の前を通り過ぎようとした。

〈じい……〉直彦は呼び止めようと叫ぶ。その時、体の中にずしりと重たいものが飛び込んできて、胸がほのかに温かくなる。

〈お帰り。じい……〉

馬が闇の中に消え去ると、灯籠の灯火がひとりでに消えた。

「久し振りだな……」

真後ろから声がかかる。直彦は咄嗟に振り向こうとして思い留まった。左門の教えを思い出したからである。真後ろから突然声がかかった時、直ぐには振り向かないこと。その瞬間が一番危ないと言うのである。相手は何者か、目当ては何か、確かめてからでも遅くはない。背を向けている相手に突如襲い掛かる奴はいない。いや、そういう者がいるとしたらはなから声をかけたりはしない。襲う相手の後ろ姿を見ている分には安心できるが、相手が振り返るその瞬間、反撃されるかも知れない恐怖には耐えられない。咄嗟の判断で振り向きざまが攻撃の切っ掛けとなる。

声の主は直ぐ分かった。源太である。敵意は全く感じられない。直彦は背を向けたまま立っている。

「今夜は別れを言いに来た。妹にたのまれてな、そう。マタギの美代だ。アンタとの喧嘩さわぎがあった後、〝あやまってこい〟と、それはしつこく言われたもんだ。

負けた相手になんでオレがあやまんなきゃあなんねえんだ。そうだろう。

河ノ屋、オレはアンタがうらやましかった。同じ人間に生まれてよー、オレは三度の飯にも在りつけねえ時がある。それがよー、アンタは菓子屋通いだ。ダルマ飴も欲しかったが、それよりアンタがえらそうで憎かった。

今はただ左門さまを老いぼれ呼ばわりして申し訳ねえと思っている。おれ達マタギ一族の命の恩人だったとは……。左門さまが亡くなってから寺坂のお墓にあやまりに行ってきた。せめてものあがないさ。

オレはあの駆けっ競で、はなからアンタを甘く見ていた。しかしオレの相手はアンタじゃねえ、サムライ左門さまだ。左門さまの仕掛けにしてやられたんだ。これって負け惜しみだよなー。

過ぎた話はどうでもいい。実はな、最近新しい仕事話がまとまってな、会津只見の仲間の所へ引っ越すことになった。只見はばあさんの里だ。今よりも増しな暮らしができるって、皆大喜びさ。美代はアンタとの別れがつらいと言いやがって、オレに行ってこいと、きつい妹よ。実はな、美代はアンタが好きなんだ。馬鹿な奴さ。河ノ屋とおれんちじゃ釣り合いがとれねえべ。美代にはそれが、分かんねえんだ。ふびんな奴よ……」

最後の打ち上げだろう。一際大きい遠花火のはじける音が直彦の気持ちを急ぎ立てた。美代にも一言別れを伝えたい。直彦はゆっくり振り返る。

そこに居る筈の源太の姿が見当たらない。

直彦は闇の奥まで目を凝らす。何故、何処へ姿を消したのか、背中がザワザワするのを堪えている。その時、煤くさい臭いが漂っていることに気がついた。源太の臭いだ。寺坂での駆けっ競で逆襲された時嗅いだ臭いと同じだろうか。煤くさい臭いを深く吸い込むと、〈おや〉と気がついたことがある。あの時、嗅いだ臭いと今嗅いでいる臭いが、どこかちぐはぐに感じられた。今の臭いが源太であることは間違いない。とすれば寺坂で嗅いだ残り香は源太ではなかったことになる。記憶を辿ると、あの時逃げる源太を追っていた猫のようなカラスのような生きものが、何者であったのか不明のままである。混乱の場に残された香りはもっと甘くやさしい匂いだったような気がする。煤くささの中に甘くやさしい匂い。あの香りの主はそもそも誰だったのだろう……。男の臭いがあるとすれば、寺坂での残り香は男のものではなかったような気がする。

直彦は思わず〈まさか……〉と独り言を洩らすと、その先の想像を止めてしまう。

里山木枯しが吹き抜けていく。

直彦のつぶやきが声になった。

「ゲ・ン・ター」

寺坂通りに今、花が咲く。辛夷である。厳しい季節をさすらいながら、ようやく流寓の里に辿り咲いた。

花は束の間の陽気に眩しく見えたが、今は老いを晒して散り急ぐ。

落花は残り雪のように、大地にしがみついている。が、どういう訳か未練を感じさせない。

寺坂道を辿って行くと、燦々と陽射しを浴びた裸山が火の海に見える。満開の山つつじだ。その火に加勢するように石南花が風に煽られ焔に化ける。

花達の宴は山焼けそのものに見えた。山裾に目を移すと、いつもと変わらない墓石が並んでいて愛想なく黙り込んでいる。強いて変化を探せば左門の墓に真新しい墓標が建てられたこと。

目を凝らすと、おやと気づかされたことがある。墓標の傍らに白木の白虎刀が、これ見よがしに突き刺してあった。

白虎刀は直彦がおりんにねだって手に入れた玩具の刀だ。

おりんが亡くなった折、直彦は遺骨の欠片を持ち帰っている。白虎刀はおりんを葬った墓じるしではないだろうか。

おりんは直彦の生みの母ではない。血の繋がりがない。しかし、愛の深さは血の濃さでは計れない、血を温める温度で決まる。抱けば抱くほど、血を温めれば温めるほど愛は深く念《おも》いが強くなる。

直彦には、早世した父親の記憶がない。左門と出会ってから、どういう訳か老いの背中に父の姿を重ね見るようになった。

一方、左門は直彦の父代わりになりたいと思ったことはない。

しかし、左門と妻おふさの間には子供が生まれなかった。それが淋しくないと言ったら嘘になるだろう。日頃から女々しい直彦を見かける度に、手をこまねいている自分が許せなくなる。直彦がいじめに遭っているのを耳にすると、左門の本能が疼きだして男親になっていた。


会津には昔から──弱い者をいじめてはならぬ──という掟がある。しかし掟でいじめが退散するほど、容易い問題ではない。

左門はこの世からいじめがなくならないのは、──人が人を念う心が薄くなった──からだと考えている。


直彦をいじめから救ってやりたいと思うようになったのは、同情とか人助けだけではない。自らの人生を振り返って、父民弥を見殺しにした腑甲斐無い生き様を清算したかったのではないだろうか。

直彦をいじめから解放することは、左門にとって自らの生き甲斐だったのかも知れない。

――なむじゃらじゃん――ここ一番という時、唱えるがいい。

直彦は左門の暗示にかかったように、いじめの苦しみから脱け出すことに成功した。

本来、人間は人と人との間が密であった筈。いつの頃からか、人と人を結ぶ絆が細くなって、脆くなって、人が人を念う心が萎えてしまっている。

寺坂の墓地にはおりんと左門の墓標が建てられた。しかし、そこにはおりんも左門も入っていないのではないだろうか。

生きものは何時かは死ぬ。しかし人間は死ぬことがない。

――想う人の胸の中で生き続ける――


――光と陰が駆けっ競、そして時が流れ去る――

直彦は白河中学一年生になっていた。今は竜ヶ里を離れ白河町で下宿生活をしている。

直彦が生まれ育った当時を振り返ると、まさに戦争が日常化した時代、と言っていい。昭和十六年、直彦が小学六年生の時、日本軍がハワイ真珠湾の米艦隊を攻撃、対米・英戦争に突入。大東亜戦争と呼ばれることになる。

昭和十八年、連合艦隊司令長官山本五十六が戦死。更にアッツ島守備隊が全滅するなど、早くも日本軍の敗北が伝えられる。

かつて学生・生徒の徴兵は猶予されていたが、その特権を返上することになり、三万人の学生が学徒出陣となる。壮行会が明治神宮競技場で行われた。後日、記録映像を観て勇壮というより、悲愴感が漂っていたのを覚えている。

直彦が下宿生活にも慣れた日曜日のこと、かねてから念願だった左門の父、民弥の墓参りをすることに……。

普段は登校・下校の際ゲートルを巻くことになっているが、この日は着けなくていい。足元から涼しい風が入ってくる。

目指す所は戊辰戦争白河口の激戦地、九番町松並で、そこには戦死者が埋葬された墓地がある。

白河の町人は戦死者が東軍であろうと、西軍であろうと、遠方から参戦、この白河に骨を埋めることになった兵士達の無念を悼み、出身藩を問わず懇ろに埋葬、慰霊碑を設けて供養を絶やすことがなかったという。


松並墓地は町外れにあった。墓地の中央には直彦の身の丈を遥かに超える慰霊碑が建っている。白河の町人が浄財を出し合って建立したもので、墓石には「戦死墓」の三文字が刻まれていた。

直彦が目指す会津藩士の墓碑は「戦死墓」の後方に見えた。墓石には、「銷魂碑」と刻まれている。この三文字は会津藩主松平容保が、万感を込めて筆を執ったと伝えられている。墓石の左右・裏の三面には、会津藩戦没者三百余名の氏名が、びっしりと刻み込まれていた。

かつて左門の口から、戦死した父民弥の名が刻まれていると耳にしたことがある。それを確認しようと、目を凝らしたが、刻銘は苔むした中に隠れて見つけることが困難であった。

直彦は帰り際に思いついたことがある。左門が日頃から口にしていた父民弥への悔み言葉を、墓石に向かって伝えることにした。

――白河口で、父上と共に戦い
　共に奥つ城へ入りたかった――

直彦は久し振りに竜ヶ里へ帰郷することになった。夏休みである。

母親志津の体調がすぐれない。おなかが痛む、食欲がない。早速白河の病院で診てもらうことになった。先生から「検査の必要がある」と知らされ、直彦は心配でたまらない。体力が衰えているので通院は無理と判断、入院することに決めた。

病室は小さいが、静かな独り部屋で志津は満足したようである。

夏休みが終わると、下校後の病院通いが日課となる。

「ヒコ、いつも済まないねえー。おかげでおなかの具合が楽になったよ」

その日は志津の体調がすぐれていたようで、ベッドの上に座っていた。

「ヒコ、窓を開けてみろ……」

景色が一面に広がって、遠くの山々まで目に入る。

「どこかで見たような景色だ……」

「母さんもそう思っている」

「そうだ。会津若松の飯盛山だ。白虎隊士の墓がある……」

「ヒコもそう思うかい」

ここで二人の会話が中断する。直彦は無言のまま山の姿を見詰めている。

「ヒコ、思い出したのかい……」

直彦は飯盛山で、乳母のおりんと別れることになったあの日が忘れられない。

「志津さん。もう切りがないわ。この辺でお別れしましょ……」

「……」

「ヒコ、また会えるからね」

その時、直彦の中で予感が走った。おりんがこのまま遠くへ行ってしまうのでは……。

おりんはすでに背を向けて歩き出している。

「おりん」

直彦の叫び声に、おりんの反応がない。飯盛山の坂道を急ぎ足で去って行く。

「おりん……おりん」

直彦の暴れ声に、おりんは最後まで、振り返ることがなかった。

直彦は今日まで、心の奥にしまい込んできた想いを、志津に打ち明けたくなった。

検査の結果、志津の病は胃癌の疑いがあると聞かされた。一方、直彦の方は学徒勤労動員の話が現実味を帯びてきている。話す機会は今しかない。

直彦はおりんと志津、二人の母を想い続けて、今日まで変わることがない。母の愛情が二つあることに、少しも矛盾を感じていないのである。

しかし、おりんと志津は――私が育ての母――、――私こそ産みの親――と言いたくて我慢ができないように見えた。

二人母の葛藤を感じながら、そのことには一切触れないように、胸の奥にしまい込んだままになっている。

「母さん……」

「なんだい」

「母さんは――きずなつけ――のこと、知っているかい……」

「……」

「実はおりんから――きずなつけ――を受けたんだ。おりんはこれで本当の母と子になれた、と言っていた」

志津はちょっと間を置いてから、

「あー知っていたよ。ヒコは幸せ者だ。この世にお母さんが二人いるなんて……」

志津が本当に――きずなつけ――を知っていたかどうかは分からない。が、――二人の母――を認めたその言葉こそ、志津の本心であると信じることにした。

昭和十九年は米軍B29爆撃機の本土空襲が始まった年で、直彦が中学三年十五歳の時である。

担任の先生から、白河中学三年生の勤労動員が決定、動員先は横須賀海軍工廠であることが告げられた。

直彦にとって運命的な一日となる。

動員先の横須賀海軍工廠池子工場とは、何をする所なのか、詳しいことは誰も知らされていない。父兄の関心が高まり、学校側も対応しない訳にはいかなくなる。

先生の説明によると、爆弾・砲弾の火薬を扱う工場で、学徒の作業は爆弾・高射砲弾に火薬を充填する仕事であること、しかし火気は一切使用しない。火薬を溶かす熱源は蒸気を使用するから心配は全くない……と。

父兄の誰もが、口にこそ出すことはなかったが、空襲が激しくなってきた今日、焼夷弾一発で致命的な打撃を受けるだろうことは知っている。

しかし、それが分かっていながら言い出せない時代であった。

話は勝手に動員先へと及んでしまったが、直彦は学徒動員の決定を母に告げるため、病院へと急いだ。

志津は直彦の話を黙って聞いている。が、いつかはその時がくる。と思っていたのであろう。静かに口を開いた。

「お国のためだ。しっかり奉公するんだよ」

二人の間に暫く沈黙があった。一方、志津は自分の感情を抑制しきれなくなっている。

「もう一度、ヒコと一緒に会津若松へ行きたかった」

直彦は主治医から志津の病気が胃癌であると聞かされていた。医者は手術も考えられるが、今は衰弱しているので様子を見て判断したいと言った。

「会津若松か……あー行けるとも」

「ヒコの行先は横須賀だね……遠いなあー。東京の先だもんね。ヒコ、――所変われば水変わるって――生水には気をつけるんだよ。ところで、出発は何時なんだい……」

「未だはっきりしたことは分からない。先生は秋頃になると言っていた……」


出発のその日がやってくる。

「門出のお祝いよ……」

と言って下宿のおばさんが赤飯のお握りをつくってくれた。

直彦は母と一緒に食べようと、それを持参して病院への道を急ぐ。

志津は、直彦の口数が少ないのを気にしたのか、急に燥ぎだす。

「ヒコ、いよいよだね。もう一度ヒコと会うことが叶ったら、あの世へ行ったヒコのお父さんと、お母さんを訪ねよう……」

「父さんと母さん？……」

「先ずは竜ヶ里の左門爺だ。ヒコの父上だべ……」

直彦は志津の気遣いが嬉しかった。

「それから、会津若松へ行こう。もう一人のお母さん、おりんさんの墓参りだ……。最後は飯盛山がいい。今度はお母さんが白虎刀を買って上げる……いいなヒコ」

志津の饒舌は珍しい。締め括りに、

「もう一度、ヒコと会いたい」と言った。

直彦は思わず、志津の手を握っている。その時、母の血液が自分の血脈の中に流れ込んできたような気がした。生まれて初めての感動に体が小刻みに震えている。


時の流れは非情なもので、直彦は間もなく横須賀へ向け出発しなければならない。白河駅を夜の十時、臨時列車で発つことになっている。

直彦は意を決したように、ベッドに座っている志津を促し、横になるよう手を貸した。志津の上に軽く布団を掛ける。もう一度手を握って無言のまま別れを告げた。


直彦が出口に向かって歩き出す。

「ヒコ……」

志津の悲痛な声を背中で聞いて立ち止まる。振り向くと志津が再び起き上がっていた。

「ヒコ、なむじゃらじゃん……」

直彦は志津の許へと体が動きかけた……が、無言のまま靴と靴の踵をカチッと合わせると、不動の姿勢で挙手の礼をする。そこにはかつて、泣虫ヒコとからかわれた女々しさは、微塵も感じられない。

志津の泣き顔が次第に安らぎを取り戻している。二人の間には、この世に生まれ、今日まで生きてきた——という幸せ感が漂っていた。

了

著者紹介
鈴 木　忠 昭（すずき・ただあき）
昭和４年（1929）会津若松市生まれ。
日本大学芸術学部卒。
㈱博報堂へ入社。ＣＭの制作を担当、退職。

なむじゃらじゃん

2019年10月19日　第１刷発行

著　　者　鈴　木　忠　昭
発 行 者　阿　部　隆　一
発 行 所　歴史春秋出版株式会社
〒965-0842
福島県会津若松市門田町中野大道東8-1
TEL　0242-26-6567
FAX　0242-27-8110
http://www.rekishun.jp
e-mail　rekishun@knpgateway.co.jp
印 刷 所　北日本印刷株式会社
本文組版　バンナイ
製 本 所　株式会社 創本社
